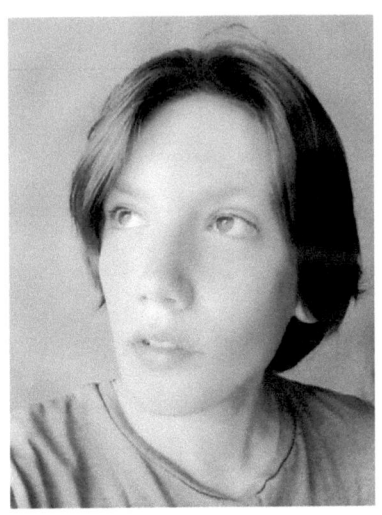

*Zum Autor:*

Thoralf Czichon wurde 2002 in Berlin-Charlottenburg geboren. In jener Stadt geht er in die elfte Klasse eines altsprachlichen Gymnasiums. Ihm wurde frühzeitig ein Talent im Schreiben, Lesen und Sprechen zugesprochen und so übersprang er eine Klasse und begann bereits mit sechs Jahren, eigene Geschichten zu schreiben.
Mit fünfzehn Jahren schrieb er sein erstes Buch „Helene".

Bibliografische Information der Deutschen Nationalbibliothek: Die Deutsche Nationalbibliothek verzeichnet diese Publikation in der Deutschen Nationalbibliografie; detaillierte bibliografische Daten sind im Internet über dnb.dnb.de abrufbar.

„Herstellung und Verlag: BoD – Books on Demand, Norderstedt".

ISBN: 9783752835304

# Prolog

Wir wohnen nun schon seit ungefähr einem halben Jahr in Berlin. Mit „wir" meine ich mich, Lukas – fünfzehn und schüchtern, und meine Eltern Frank und Karoline, kurzum: die Familie Behrens. Gebürtig stamme ich aus Hildesheim in Niedersachsen, doch zuletzt wohnten wir in München, da mein Vater dort ein großes Bauprojekt leiten durfte – mein Vater ist Bauingenieur, doch als dieses dann beendet war, konnten wir auf Dauer unsere Wohnung, die uns der Baukonzern bezahlt hatte, nicht mehr leisten, und da in München alle Mieten so hoch waren und es keine wirklich billigeren gab, sind wir nach Berlin umgezogen. Nicht nur aufgrund der Mieten, sondern auch wegen einer neuen, guten Arbeitsstelle für meinen Vater. Wir sind oft – bisher insgesamt sechs Mal – umgezogen, was diverse Gründe hatte. Selbst wenn ich an meiner Schule freundschaftliche Kontakte geknüpft hatte – das fiel mir jedes Mal schwer, da ich sehr unsicher bin – dauerten sie nicht lange an; jedes Mal in eine neue Klasse mit neuen Leuten zu kommen, immer *der Neue* zu sein, komisch angestarrt zu werden, sich einen Sitzplatz neben jemanden aussuchen zu müssen, potentielle Freunde zu finden, die aber nicht lange meine Freunde blieben, war hart. Eigentlich habe ich gar keine Motivation mehr, Freunde zu finden, da ich fast nie welche abbekomme, da alle schon befreundet sind und mich keiner möchte oder wir wieder wegziehen. Ich hatte schon oft Protest eingelegt, aber was soll man machen? Die Eltern sind, wenn man erst fünfzehn ist, noch die Machtpersonen. Zumindest, was so große Entscheidungen anbelangt. Auch wenn ich alles getan habe: Ich hatte lediglich an einer Schule „nette Bekanntschaften" gefunden, keine richtigen besten Freunde, aber immerhin habe ich mich bei ihnen ziemlich wohl gefühlt, und jene habe ich, da wir gemeinsam bei mir zu Hause an einem Schulprojekt gearbeitet haben, meinen Eltern vorgestellt und ihnen an einem nahen Beispiel verdeutlicht, wie glücklich ich hier sei, doch sie sagten immer wieder: *„Es ist besser so, das Leben wird in ....* (setze Stadt ein, in die wir umziehen werden) *besser sein; dort wirst du auch sicher Freunde finden.... dort ist es so toll und so viel besser, das musst du verstehen, Lukas"* und änderten ihre Meinung nicht. Es war immer das gleiche Procedere. Doch trotz alledem habe ich meine Eltern sehr gern und ich weiß, dass auch sie mich über alles lieben. Manches Mal konnte ich sie tatsächlich auch verstehen, da ich Verursacher dafür war, dass wir aus unserer Wohnung geschmissen wurden. Ich hatte tragischerweise einen Brand in der Küche entfacht. Fragt nicht, wie ich das hinbekommen habe, doch zu allem Entsetzen habe ich leider auch noch vergessen, dass das Löschen eines Fettbrandes – genauer gesagt eines Ölbrandes – mithilfe von Wasser nicht ratsam ist. Die komplette Küche wurde abgefackelt und auch ich hatte leichte Verbrennungen, deren Relikte immer noch leicht an meinen Händen zu sehen sind. Ein anderes Mal wurde mein Vater arbeitslos oder ich hatte schulische Probleme, sodass ich weg *wollte* (das war der Fall an meiner letzten Schule in Berlin). Meine Mutter arbeitet übrigens als freie Journalistin, ihr macht es natürlich nichts aus, dass wir umziehen. Eigentlich sollte ich froh sein, dass wir immer innerhalb Deutschlands bleiben. Nicht, dass wir irgendwann noch ins Ausland ziehen, beispielsweise nach Tschechien, da sollen die Mieten deutlich preiswerter sein als hier in Deutschland.

Nun gehe ich hier in Berlin aufs Hedwig-Gymnasium in Dahlem. Dahlem ist ein Ortsteil von Steglitz-Zehlendorf und Steglitz-Zehlendorf ist der südwestlichste Bezirk Berlins. Dahlem ist eine ausgesprochen schöne Gegend im Vergleich zu anderen Teilen Berlins und zu

7

den anderen Orten, an denen wir die letzten Jahre gelebt haben. Ich bin immer davon ausgegangen, Berlin wäre eine verpestete, laute, schmutzige Stadt mit viel Graffiti an Häusern (das war ich zwar schon etwas von München gewohnt, dennoch sei München die „lebenswerteste" Millionenstadt in Deutschland), erfüllte somit die Denkweise eines Großstadt-Klischees. Aus dem Grund hatte ich mich eher weniger auf Berlin gefreut, auch wenn viele sagen, Berlin sei *cool*, aufregend und *hip*. Doch ich habe mich tatsächlich getäuscht: Natürlich gibt es auch die Problembezirke wie Kreuzberg oder Neukölln – unsere letzte Wohnung hatten wir nämlich in Kreuzberg – aber unser neuer Wohnort Dahlem liegt glücklicherweise direkt am Grunewald, dem bekanntesten Berliner Wald, die Luft ist frisch und angenehm in dem Areal für eine Großstadt durch die vielen Bäume und Dahlem weist sogar dörfliche Strukturen auf, außerdem ist es sehr sauber und die Menschen sind auch alle sehr freundlich und hilfsbereit. Ich war wirklich positiv überrascht, als ich hier ankam, doch gleichzeitig frustriert, da ich befürchtete, wir würden eventuell wieder nicht lange bleiben – aus welchen Gründen auch immer. Das Hedwig-Gymnasium sei ein Elite-Gymnasium, an dem Altgriechisch und Latein unterrichtet wird. „*Das gibt es nicht oft*", erklärte mein Vater, um mich positiv zu stimmen. Ich bin zum Glück einigermaßen gut in der Schule, daher war ich schon immer auf Gymnasien. In der Grundschule war ich immer Klassenbester, habe sogar die dritte Klasse übersprungen – außerdem wurde ich mit fünf Jahren eingeschult, sodass ich eigentlich schon in der zwölften Klasse wäre. Die Betonung liegt auf „eigentlich", denn dadurch, dass wir zweimal mitten im Schuljahr umgezogen sind, verweigerten zwei Schulen, dass ich mitten im Jahr einsteigen darf und so musste ich an den anderen Orten das gesamte Jahr nochmal machen. Somit gehe ich mit fünfzehn noch in die zehnte Klasse. *Noch* ist relativ, die anderen Zehntklässler sind nämlich auch um die fünfzehn, sechzehn. Mein „Vorsprung" wurde somit wett gemacht: Ich bin genauso alt wie die anderen in meiner Klasse, was mir hoffentlich zu Gute kommt. Ich hatte an meinen früheren Schulen teilweise aufgrund des Altersunterschiedes zu meinen Mitschülern gelitten; wie zum Beispiel in Hamburg: Dort hatte vor ein paar Jahren einer meiner Lehrer gemeint, dass ich einen IQ-Test machen sollte, da er vermutete, ich könnte hochbegabt sein. Und beim Test kam tatsächlich ein Ergebnis von 140 heraus, was allerdings oft der Grund dafür war, dass ich gehänselt wurde. Meine Mutter hat mich immer wieder ermutigt und hat mir beigestanden und bekräftigt, dass die anderen nur neidisch seien, da sie nicht so schlau seien wie ich und mich nur aufgrund dessen ärgern und ausschließen. Aber was änderte es an meiner Situation? Oft habe ich mir gewünscht, ich wäre ein ganz normaler Junge, ein Junge, der auch rumpubertiert wie die anderen, dann hätte ich sicherlich mehr Glück, was Freundschaften betrifft. Niemand will mit einem „Freak" befreundet sein.

# Kapitel 1

*„Aufwachen, Lukas! Hast du deinen Wecker nicht gehört?!"*, höre ich meinen Vater aus dem Flur schreien. Wie aus einem Albtraum werde ich aus meinem Schlaf gerissen, kein Wunder, so laut, wie mein Vater gebrüllt hat. *„Schrei doch nicht so! Hättest mich ja auch netter wecken können…"*, beschwere ich mich mit einem sehr schläfrigen Unterton, auf das ein Gähnen folgt. Als ich mich träge aufrichte, mich auf einen Ellbogen stütze und auf meinen Wecker schaue, stelle ich fest, dass ich tatsächlich verschlafen habe. 7:19. *„Wie denn, wenn du so tief schläfst? Warst du gestern im Bett etwa noch mit deinem Handy beschäftigt?"*, fragt er.

*„Vielleicht"*, antworte ich ihm provokativ. *„Du weißt, heute ist dein erster Schultag"*, ruft er mir zu, während er ins Bad geht, um seine Stoppeln wegzurasieren, was ein mehr als dummer und überflüssiger Kommentar war. Wenn ich das nicht wüsste, hätte ich

schön ausschlafen können, mir nicht den Wecker stellen müssen, wäre nicht so verdammt müde und würde kein Ziehen in der Magengegend verspüren. Ich habe nicht im Geringsten Lust auf Schule, wer hat das schon? Aber das Schlimme bei mir ist, dass das mein erster Schultag an einer neuen, fremden Schule ist, und kein normaler Schultag. Der letzte erste Schultag an einer neuen Schule ist mittlerweile ziemlich genau fünf Monate her. Ich ging – auch in Berlin – auf das Albert-Schweitzer-Gymnasium in Kreuzberg – wie schon gesagt, auf dem ich, leider, keine Freunde fand und sogar übel gepiesackt wurde, sodass ich froh war, umzuziehen; ich habe um ehrlich zu sein sogar gebettelt, denn ich wurde permanent ausgeschlossen – absichtlich – und es kam so oft ein hänselnder Spruch wie *„Hast du mal in den Spiegel geguckt?"* oder ähnliches, worunter ich sehr litt. Des Öfteren wurde ich auch aufgrund meiner Einsamkeit gehänselt, meines Außenseiterseins. Der einzige Ort, an dem ich gute Freunde, – naja, mehr nette Kumpanen als beste Freunde – fand, liegt sehr weit weg. Man könnte fast sagen, am anderen Ende Deutschlands, und Kontakt haben wir leider auch nicht mehr. In Tübingen. Einer schönen, alten Universitätsstadt – vor drei Jahren lebten wir dort – und selbst von dort, der Stadt mit der höchsten Lebensqualität, wie man sagt, sind wir weggezogen.

12

Aber ich weiß genau, es hat keinen Zweck an meine schöne Vergangenheit zu denken. Unnötige Traurigkeit, unveränderbares Tränenfließen. Wir sind im Hier und Jetzt und jetzt heißt es: nach vorn blicken, so schwer es mir auch fallen mag. Übermüdet torkele ich aus meinem Bett, schlüpfe in meine Filzpantoffeln und tappe an mein Fenster. Da mir ein wenig schwindlig ist, drücke ich meine Stirn auf die Glasscheibe und schaue nach draußen. Die Glasscheibe ist eiskalt von der kühlen Außentemperatur und wirkt sich wie ein Kühlpack auf meine Stirn aus. Draußen ist es noch halb dunkel und außer ein paar Vögeln, die man von draußen zwitschern hört, hört man rein gar nichts. Ich mache das Fenster für kurze Zeit auf und erfrische mich an der kühlen, aber so angenehm frischen Luft. Eine Fuhre frischen Sauerstoff früh morgens zu tanken, tut mir immer gut und macht mich wach. Man könnte sagen, das wäre meine Koffein-Alternative, denn ich trinke keinen Kaffee. Es sei denn, ich kippe Unmengen an Zucker und Milch dazu. Auf dem Weg Richtung Bad drehe ich meine Heizung aus, die die ganze Nacht über auf Stufe vier mein Zimmer warmgebrutzelt hat. Wir leben in einer Drei-Zimmer-Wohnung mit fünfundsiebzig Quadratmetern im Erdgeschoss. Sie ähnelt sehr den anderen Wohnungen, in denen wir gewohnt haben. Meine Mutter sucht sich eben immer ähnliche Wohnungen aus und richtet sie dann auch genauso ein wie die Wohnung davor. Mein Zimmer darf ich mir zwar immer selbst zusammenstellen, jedoch auch das bekommt immer dasselbe Aussehen, schließlich bleiben die Möbel, die mein Zimmer einrichten, ja und werden nicht weggeworfen. Es besteht aus meinem Bett – logisch, einem Kleiderschrank, einem Schreibtisch mit Tischlampe, Rechner und Schubladen, einem vollen Bücherregal, welches direkt neben meiner Kuschel-Leseecke steht, in der ich mich abends einkuschele und abschalte und einem Nachttisch neben meinem Bett, auf dem sich mein Wecker befindet. Ich bin übermüdeter denn je, schaue in den großen Spiegel des Badezimmers; ich habe schwarze, kurze – weil ich gerade aus dem Bett komm', zerzauste Haare, tiefblaue Augen, eine Stupsnase und bin für mein Alter ziemlich klein. Ich sehe so aus, wie ich immer aussehe, wenn ich müde bin. Ich pule mir den Schlafsand aus meinen Augen und erfrische mich am Waschbecken. Anschließend dusche ich, frühstücke mein Müsli, welches ich jeden Morgen frühstücke und ziehe mich an. Ein T-Shirt, darüber ein Pullover und *darüber* eine Winterjacke. Lediglich mit der Ausnahme, dass ich heute wie so oft auf meine Joggingeinheit verzichtet habe, und, dass ich verschlafen habe, beginnt der Schultag wie jeder andere – obwohl es ja ein besonderer Tag ist.

Es ist ein typischer Novembermorgen, es ist kalt, schätzungsweise drei Grad Celsius, düster, da die Sonne in der Jahreszeit immer erst um kurz vor acht aufgeht, sodass ich sogar noch im Dunkeln zur Schule gehe, etwas nass. Wahrscheinlich hat es in der Nacht geregnet, was ich aber nicht mitgekriegt habe. Ich denke über den heutigen Tag nach, sammle mich. *„Denk' dran, was dir der Psychologe gesagt hat",* erinnert mich mein Vater, bevor ich losgehe. Wir waren vor ein paar Wochen beim Psychologen, da ich ziemlich fertig war – von der Situation meiner alten Schule – und er mir Tipps geben sollte, wie ich mich am besten an einer neuen Schule verhalten sollte, wie ich schnell Freunde finden würde. Eigentlich bestand sein ellenlanges Gefasel nur darin, dass ich *„aus mir herauskommen"* sollte. Um 7:45 mache ich mich dann auf den Weg zu meiner neuen Schule. Meine Mutter und ich sind den Weg am Vortag langgegangen, sodass ich weiß, wo ich lang muss. Der Weg ist nicht weit, ich muss nur einen kurzen Abschnitt einer großen, verkehrsträchtigen Straße folgen. Die Straße ähnelt einer Allee, da auf beiden Seiten in dichten Abständen Bäume gepflanzt wurden. Nach ein paar hundert Metern biege ich in eine kleine Dahlemer Gasse rechts ab, in der viele reiche Leute wohnen, da es hier nur so von alten, schönen, großen Villen wimmelt, der ich diesmal ein längeres Stück folgen muss, woraufhin man dann aber bereits am Horizont das riesige Schulgebäude und dessen Turm herausragen sieht, welches mich an Hogwarts aus Harry Potter erinnert. Ich lese gerne, unter anderem habe ich früher Harry Potter gelesen, aber ich lese auch unbekanntere Bücher. Der Himmel ist trüb und grau und ich spüre ein paar Tropfen auf meine Jacke prasseln. Es fängt an zu nieseln, was mich gerade aber gar nicht stört, im Gegenteil, der Regen erfrischt mich und lässt mich einen klaren Kopf haben. Die Straßen durchzieht ein milchiger Nebel. Ich fühle mich wie sonst auch immer vor einem ersten Schultag an einer neuen Schule, leicht aufgeregt, aber ich bin zielgerichtet, da ich weiß, je schneller und zielgerichteter ich laufe, desto einfacher wird es mir fallen. Effektiver als langsam und unsicher zu gehen, ich kann mich eh nicht davor drücken, ich muss mir einfach einen Ruck geben. Von der Schule habe ich einen schön farblich gekennzeichneten, strukturierten, in die fünf Wochentage eingeteilten Stundenplan mit den Zeiten, Fächern und den entsprechenden Räumen erhalten. In der Spalte Montag steht an erster Stelle:

*Deutsch, Christoph, 212*

Ich muss ins erste Obergeschoss, das wurde mir bereits gesagt, in den Deutschunterricht der 10b in den Raum 212 und *Christoph* heißt anscheinend der Lehrer oder die Lehrerin. Das Schuljahr ist schon fast rum, ich komme also auf den letzten Drücker her, aber für das Halbjahr werde ich noch benotet. Im Februar geht es dann in die elfte Klasse – womöglich sogar auf dieser Schule. Ein paar Häuser weiter stehe ich dann direkt vor dem imposanten Schulgebäude. Es ist atemberaubend, ein unfassbar massiver Steinbau mit vielen Verzierungen, eine sehr schöne Architektur. Wenn ich es nicht besser wüsste, würde ich meinen, kein Erdbeben dieser Welt könnte dieses Gebäude zum Einsturz bringen. Eigentlich gleicht das Gebäude mehr einem Schloss als einer Schule. Vor dem Schulgebäude befindet sich ein großer Schulgarten, in dem die Schüler selbst Gewächse anpflanzen – vermutlich im Rahmen des Biologie-Unterrichts. Das erkenne ich daran, dass dort viele Blumentöpfe mit Schülernamen und deren Klasse versehen stehen oder kleine Zettelchen an bereits im Boden eingepflanzten dürren Pflänzchen hängen und es verschiedene Beete gibt, in denen bereits eingepflanzt wurde, z.B. Kohl oder Zwiebeln, und vor welchem jeweils ein Schild mit der Beschriftung der jeweiligen Klasse im Boden verankert ist. Außerdem sieht man viele künstlich in eine Form gebrachte Hecken, wie in Königsgärten. Das Schulgebäude ist ein Altbau aus dem Jahre 1867, das steht zumindest auf dem großen Eingangstor. Ich habe im Internet über diese Schule recherchiert, ein paar Seiten durchforstet und festgestellt, dass sie eine der ältesten Berlins ist. *Naja, gar nicht mal so übel.* Das Schulgebäude fällt durch den Aussichtsturm auf. Ein etwa zwanzig Meter über dem eigentlichen Schuldach thronender spitzer Turm mit Grünspandach, der alles kontrolliert. Das ganze Schulwesen, wer hier alles ein- und ausgeht. Das schöne, große Eingangstor ist mit zwei mit Schwertern bewaffneten unidentifizierbaren Figuren (vermutlich Fabelwesen) links und rechts versehen. Über dem Eingang thront ein Adlerkopf aus Stein, dessen Schnabel etwas beschädigt ist. Als ich durch die große Eingangstür gehe, bin ich deutlich aufgeregter, als zuvor, als ich noch aus dem Haus ging. Überall im Schulgebäude stehen alte Säulen, die antiken griechischen beziehungsweise römischen Säulen gleichen, nur die eingekerbten Rillen im Stein fehlen. Sicherlich wurden sie mehrmals renoviert, sonst wären sie nicht in diesem Zustand. Die Treppenflure sind gigantisch, das Gebäude sieht im Innern wie ein Museum aus: eine Eingangshalle, ein großer Saal, wenn man weiter entlang geht. Am Durchgang von Eingangshalle zum Erdgeschoss-Plateau fehlt nur noch eine Kasse. Selbst das Skelett eines Tieres – wahrscheinlich das eines Pferdes oder einer Kuh – erblicke ich am Ende des Ganges, vermutlich, um zu symbolisieren, dass die Schule ein schwerpunktmäßig naturwissenschaftlich-ausgelegtes Gymnasium ist –

und ausgerechnet die naturwissenschaftlichen Fächer sind meine schlechtesten Fächer, aber das ist auch relativ irrelevant, da die naturwissenschaftlichen Fächer nicht mehr zählen als andere Fächer. Da ich spät dran bin, habe ich keine Zeit mehr mich groß umzusehen und gehe zügig die Treppen in den ersten Stock hinauf. Jede weitere Treppenstufe, die ich aufsteige, bin ich aufgeregter. Ich habe dieses Nervositätsgefühl, was schwer zu beschreiben ist, ein Gemisch aus Kribbel und Herzpochen, dazu noch ein starkes Zusammenziehen des Magens. Jedenfalls spüre ich die Aufregung förmlich in meinem Körper. Ich stelle immer mehr fest, dass ich heute viel aufgeregter bin als an den anderen Tagen, an denen ich neu auf eine fremde Schule kam. Vermutlich liegt das daran, dass die Erfahrungen an meiner letzten Schule nicht besonders gut waren und ich Angst habe. Angst, dass ich auch hier wieder nicht gut aufgenommen und nicht akzeptiert werde. Doch, wenn ich die ganze Zeit daran denke und mit negativen Gedanken und somit verunsichert in den Raum komme, kann das erst recht nichts werden. Ich muss selbstbewusst erscheinen, optimistisch und zuversichtlich denken, der Schule eine Chance geben. Bevor ich den eigentlichen Raum aufsuche, gehe ich ins Jungen-WC, welches ich zufällig erblicke. Die Tür war nicht zu übersehen: Ganz fett steht da „Herren WC" dran. Es riecht widerlich hier drin, nach einer Mischung aus Urin und Kalk. Ich möchte gar nicht wissen, wie die Toiletten aussehen. Muss ich aber auch gar nicht, denn ich möchte nur schnell an ein Waschbecken. Ich schütte mir ein wenig Wasser ins Gesicht, verteile es im Gesicht, trockne es wieder ab und betrachte mich im Spiegel. Eigentlich finde ich mich recht hübsch, aber in diesem Spiegel sehe ich irgendwie merkwürdig blass aus, was am schwachen Deckenlicht liegen muss, das verunsichert mich ein wenig, aber beirrt mich dennoch nicht grundsätzlich. Ich mache meine Frisur so gut zurecht wie möglich, schließlich muss der erste Eindruck sitzen. Der erste Eindruck ist der wichtigste Eindruck. Ich mache mir viel zu viele Gedanken, merke ich in dem Moment. *Es ist alles gut. Es wird alles gut gehen.* Das Schlimmste wird sein, den Mitschülern kurz etwas über mich zu erzählen. Ich weiß nicht, ob ich das an dieser Schule auch machen muss, an den letzten zwei Schulen musste ich es jedenfalls tun. Bei der Vorstellung, dass mich alle komisch anstarren und ich mich beim Reden verhaspele, dass nur ein Stammeln aus meinem Mund kommt, mein Kopf tiefrot anläuft und mich alle auslachen, graust es mir. Wenn ich daran denke, dann fängt nur wieder mein berühmtes Beinschlackern an. *Nein, das wird nicht passieren.* Ganz kurz und lässig werde ich mich vorstellen. Stelle mir vor, dass mich überhaupt niemand anguckt, sondern ich allein vor einem Spiegel stehe und für ein Bewerbungsvideo übe. Gut, so einfach geht's dann wahrscheinlich nun doch nicht. Aber ich habe mir ja zum Glück einen groben Faden angelegt, was ich ungefähr sagen werde. Somit kann es eigentlich gar nicht allzu schlimm enden. Ohne Text reinzukommen und improvisieren zu müssen, wäre dann deutlich schlimmer. Als ich wieder aus der Toilette hinausgehe, schließe ich kurz die Augen, atme tief durch, während mein Herz in schnellem Rhythmus pulsiert und gegen meinen Brustkorb hämmert. Anschließend gebe ich mir einen Ruck und blicke auf die Nummer des Raumes neben der Toilette:

*Raum 236*

*Lager Gesellschaftswissenschaften*

steht auf dem Schildchen zur Raumangabe. In Richtung dieses Zimmers nehmen die Nummern zu, dementsprechend muss ich in die entgegengesetzte Richtung. Mein Kopf glüht. Ich schlage mir die negativen Gedanken, die in meinen Kopf hineinschwirren, wieder heraus und atme ganz locker ein und aus, als würde ich ein ganz normaler Schüler dieser Schule sein, lässig in den Unterricht spazieren, mich zu meiner Clique setzen und quatschen. Ich blende die Gesichter der anderen Schüler, die mir entgegenkommen, aus und gehe fokussiert, konzentriert, kaum atmend und schnurstracks den Gang entlang. Schaue immer nur kurz nach rechts auf die Nummern der anderen Räume, um mich zu orientieren.

*218, 217, 216.* Fast da. Die Anspannung und Nervosität brodeln immer stärker in mir und mein Magen zieht sich zu einem Knoten zusammen.

*Das packst du.*

Ich bin relativ spät dran, es ist bereits zwei Minuten vor acht, deshalb beeile ich mich lieber ein bisschen. Am ersten Schultag zu spät kommen hinterlässt einen schlechten Eindruck.

Schließlich erblicke ich den Raum: 212. Ein Angstkribbeln durchfährt plötzlich meinen gesamten Körper wie ein Blitz, der in mir einschlägt und seine Ladung abgibt. Mein Geist möchte lieber zaghaft und langsam rein, mein Körper lässt es jedoch nicht zu und bleibt tapfer. Meine Beine bewegen sich, mein Gehirn möchte es stoppen, aber weiß auch, dass es die Beine nicht stoppen sollte, somit dreht sich mein Gehirn wie eine Kompassnadel im Kreis. Bevor ich in den Raum eintrete, sehe ich bereits ein paar der Schüler. Ein paar stehen an der Tafel und kritzeln irgendwas darauf, andere sitzen auf ihren Plätzen, essen, ein paar kramen die Unterrichtssachen für den anstehenden Unterricht aus ihren Schulranzen. Die meisten wirken eigentlich ganz sympathisch auf mich, auch wenn das meine Aufregung nicht wirklich legt. Nun nehme ich mein Herz in die Hand und gehe rein. Ein Nervenkitzel-Moment. Am liebsten hätte ich meine Augen zu gemacht. Meine Blutzufuhr und meine Atmung stoppen, innerlich bebt alles in mir. *Durchatmen. Durchatmen.* Natürlich werde ich von ein paar Leuten angeguckt, schließlich haben sie mich noch nie gesehen. Und dieser Fremde kommt auch noch in ihren Klassenraum. Ich hätte doch auch nicht damit rechnen können, dass mich niemand anschauen wird. Das ist völlig natürlich, ich würde einen Fremden genauso angucken, denn es ist kein böses Schauen, eher ein neugieriges. Mein Problem besteht darin, dass der Lehrer noch nicht da ist. Ich habe ihn zwar vorhin schon, als ich kurz hineingespäht bin, bevor ich den Schritt gewagt habe, nicht gesehen, aber irgendwie habe ich daran gar nicht gedacht. Ich war mir sicher, dass er auf jeden Fall schon da ist. *Na toll.* Die Situation ist mir äußerst unangenehm. Für einen kurzen Moment dachte ich, ich sollte lieber wieder raus, aber was würden sie dann von mir denken? Nun stehe ich da vor der Klasse, der ich jetzt auch angehöre, mich aber nicht so fühle, wie ein Lehrer, der gleich mit seinem Unterricht beginnen wird, doch weiß nicht, was ich tun soll. Als ich merke, dass ich ziemlich verkrampft dastehe, lockere ich meine Schultern. Im Inneren habe ich Angst, doch äußerlich zeige ich sie

23

nicht. Mein Blick schweift über die neuen Gesichter. Es sind in etwa genauso viele Mädchen wie Jungen, allerdings fehlen noch rund ein Viertel der Schüler, da noch viele Stühle frei sind. Was soll ich jetzt tun? Mich schon mal vorstellen? Das würde ich mich nicht trauen. Mich irgendwo hinsetzen? Ich bin ein Fremder, ich kann mich doch nicht einfach so irgendwo hinsetzen, zumal ich nicht weiß, welche Plätze belegt sind und welche Stühle noch frei sind, wo ich mich also hinsetzen könnte. Vielleicht dann doch lieber noch mal raus und warten bis der Lehrer da ist, das wäre doch eigentlich gar nicht so dramatisch? Doch ich habe nichts von allem getan, denn mein Blick trifft plötzlich jemanden in der vorletzten Reihe. Es ist ein äußerst interessanter Moment. Ich erstarre, wie als würde mich jemand mit einem Messer bedrohen und es mir an die Kehle halten. Mein Herz macht direkt einen Sprung. Was ich nämlich sehe, habe ich so noch nie zuvor in meinem gesamten Leben gesehen. Mein Herz pocht in einem unglaublich hohem Tempo, weshalb ich versuche, meinen Herzschlagrhythmus durch autogenen Einsatz durch erlerntes autogenes Training, welches mir der Psychologe empfohlen hat, wieder zu normalisieren, doch merke schnell, dass dies zwecklos ist. Jeder Herzschlag lässt meinen gesamten Körper zusammenzucken. Ich ringe nach Luft, da ich das Atmen vergessen habe. Was ist mit mir los? Ich sehe bloß ein Mädchen. Aber es ist kein Mädchen, was man jeden Tag auf der Straße sieht. Ich fühle mich wie in einem Traum, wie in einem Film, wo sich ein Mann auf den ersten Blick in eine Frau verliebt und sie mit offenem Mund zwanzig Sekunden lang anstarrt, dabei alles andere um ihn herum verschwommen ist und sich in Zeitlupe bewegt, dabei eine langsame, schnulzige Musik läuft. Gut, so klischeehaft ist es bei mir nicht. Das ist die Realität, aber anstarren tu ich sie, wenn auch nicht mit offenem Mund, weil sie nun mal einfach so elegant und schön aussieht. Ihre hochstehenden Wangenknochen, ihr spitzes Kinn... Noch nie habe ich im Geringsten mit Mädchen zu tun gehabt, aber jetzt durchschießt mich dieses seltsame Gefühl, was ich noch nie hatte, wie eine gnadenlose, unberechenbare Pistolenkugel. Sie ist so wunderhübsch, schöner als alle Mädchen, die ich bisher zu Gesicht bekommen habe. Sie hat irgendwas Besonderes an sich und strahlt eine besondere Aura aus – das spüre ich, obwohl sie vier oder fünf Meter von mir entfernt ist. Sie liest in einem Buch und trägt eine weiße Bluse. Wer ist dieses Mädchen? Wie kann ein Mensch so gut aussehen? Ist das der Grund dafür, dass sie eine solche Wirkung auf mich hat? Als sie ihre schönen, geschmeidigen Haare elegant nach hinten streicht, was übrigens so toll aussieht, dass meine Atmung für einen Moment stoppt und mein Herz kurzzeitig still steht, blickt sie auf einmal zu mir auf. Ich blicke schnell wieder ein paar Meter nach rechts zu einem dicken Jungen mit Doppelkinn und Hamsterbacken, der ganz allein in der letzten Reihe sitzt und tue so, als wenn ich sie überhaupt nicht angeschaut hätte.

*Verdammt, verdammt, verdammt.*

*Wie auffällig. Wie peinlich.*

Sie muss gemerkt haben, wie ich sie angeschaut habe. Trotzdem kann ich es mir nicht verkneifen und schaue wieder kurz zu ihr rüber, zum Glück schaut sie wieder in ihr Buch und liest. Unangenehm wäre es gewesen, wenn sie immer noch zu mir geguckt hätte, dann hätte sie nämlich mitbekommen, wie mein Blick wieder zu ihr rübergewandert ist. Doch vielleicht bekommt sie es mit – gerade in diesem Augenblick – dass ich sie wieder anschaue; warum sonst hat sie gerade zu mir herübergeguckt? Weil sie gespürt hat, sie wird beobachtet. Das ist ein in einem tief drin sitzender Instinkt. Ich spüre es auch immer, wenn ich von irgendwem in der U-Bahn angeschaut werde. Vielleicht geht es ihr genauso. Obwohl es bei mir – glaube ich – meistens daran liegt, dass ich die mich anschauende Person im Augenwinkel sehe. Und sie dürfte mich nicht sehen, so weit wie sie runter in ihr Buch schaut. Wie auch immer, das Risiko gehe ich ein. Allein die Tatsache, dass sie in einem Buch liest, anstatt auf ihrem Mobiltelefon herumzutippen und einer What's-App-Nachricht ihrer besten Freundin zu antworten, macht sie außergewöhnlich, besonders und sympathisch. Außerdem erkenne ich direkt, dass sie charakterlich sympathisch sein muss. Dieses Gesicht kann nichts Böses verstecken, sie besteht rein aus Gutem. Ich wusste in dem Moment definitiv, meine Hormone spielen verrückt. Ich schaue immer wieder zu ihr rüber und immer wenn ich das Gefühl habe, sie könnte gleich zu mir aufblicken, weiche ich von ihrem Blick ab. Doch jetzt ist mein Kopf wieder wie anmontiert und ich kann ihn nicht wegbewegen. Ich starre sie schon wieder an. Es ist ein physischer Impuls, der mich zwingt, immer wieder zu ihr zu schauen, als wäre ich eine Marionette und der Faden, der meinen Kopf steuert, würde immer wieder nach links gezogen werden. Ich kann sie jetzt doch nicht einfach, während ich vor der Klasse stehe, anstarren?! Bestimmt denken sich ganz viele meiner zukünftigen – obwohl eigentlich schon jetzigen Mitschüler – was denn mit mir los sei. Alles um mich herum verschwindet, mein Sinn *Hören* war für diese Zeit einfach deaktiviert, wie sich unter Wasser befindende Ohren, daher habe ich auch nicht mitbekommen, dass ein Lehrer eingetreten ist, vermutlich Herr Christoph, und mich etwas gefragt hat. *„Haaalllooo?",* ruft mir der Lehrer diesmal in einem etwas lauteren Ton zu, da ich ihn davor nicht mal wahrgenommen habe. Seine Stimme war wie ein zu den anderen Stimmen gehörendes Hintergrundgeräusch, welches mich nicht interessiert hat, während ich unter Wasser auf Tauchgang war. Ich habe mich nämlich allein für einen besonderen Fisch interessiert. Vielleicht eine neue, unentdeckte Spezies. Ich reiße den Blick – so schwer es mir fällt – von ihr los, schließlich sehe ich den Lehrer. Einen jungen – schätzungsweise Mitte dreißigjährigen – gut aussehenden Mann mit blonden, sehr kurzen Haaren.

*„Ob du der neue Schüler Lukas bist, möchte ich gerne wissen, ich hab' dich hier nämlich noch nie gesehen?",* fragt er mich leicht genervt. Ich kann es auch nicht leiden, wenn ich ignoriert werde und keine Antwort auf eine Frage kriege, so muss er sich gerade auch gefühlt haben. *„Eh, ja, tut mir leid, ich war in Gedanken",* sage ich mit zaghafter, leiser Stimme. *„Ja, ich bin Lukas, der neue Schüler",* bestätige ich ihm. Ich bin immer noch neben der Spur, dieses Mädchen hat mich gerade völlig aus der Fassung gebracht. Aber irgendwie hat sie mir geholfen, denn tief im Innern bin ich euphorisch, in eine Klasse zu gehen, in der sie auch ist; auch, wenn ich im Augenblick eher umso aufgeregter bin in ihrer Nähe. Als die letzten Schüler hereinkommen und mich seltsam von der Seite mustern, fängt Herr Christoph direkt an, mich meiner

neuen Klasse vorzustellen. Es ist schließlich auch schon kurz nach acht und der Unterricht hat schon begonnen.

*„Hört alle mal zu! Hallo! Ihr sollt bitte einmal zuhören!",* es dauert einen Augenblick, bis es ganz still wird und er fortfahren kann. Es wird immer noch geraschelt und gequasselt. Je länger es dauert, desto mehr leide ich, denn die Aufmerksamkeit richtet sich im Moment allein auf mich.

*„So... das hier ist euer neuer Mitschüler, von dem ich euch bereits erzählt habe. Er heißt Lukas, Lukas Behrens, und kommt aus München und ist erst seit einem halben Jahr in Berlin."* Es ist mir unangenehm so von allen angestarrt zu werden, obwohl ich das natürlich schon kenne. Es war mir immer schon unangenehm, im Mittelpunkt zu stehen. *„Und ich möchte",* fährt er fort, *„dass ihr ihn gut in euren Klassenverband integriert."*

Muss er das so deutlich sagen?

*Man. Wie peinlich.*

Er weiß nämlich Bescheid über meine schulischen Probleme an meiner letzten Schule. Meine Eltern haben kurz mit ihm darüber gesprochen. Er senkt seinen Kopf zu mir herunter. *„Vielleicht könntest du dich ja mal kurz deiner neuen Klasse vorstellen, sodass sie wissen, mit wem sie es überhaupt zu tun haben. Wäre das in Ordnung?",* fragt er mich. Ich wusste, jetzt würde es ernst werden und ich müsste mich konzentrieren. Es ist nett, dass er mich gefragt hat, ob ich mich dem überhaupt gewachsen fühle, aber ich weiß nur zu gut, ich muss es tun. Für wen würden mich die anderen halten? Für einen Schisser? Ein Weichei? Einen übertrieben schüchternen, introvertierten Neuen? So einer möchte ich auch nicht sein. Was sollte ich sagen? *„Tut mir leid, ich möchte mich lieber direkt setzen?"* Durchbeißen ist die einzige Lösung, zumal ich eine Motivationsquelle habe. Dieses Mädchen, wer auch immer sie ist, ich kenne ihren Namen nicht, aber den werde ich früher oder später noch herausfinden. Ich nehme tief Luft, reiße mich zusammen und fange an zu sprechen: *„Also..."*, ich muss mich noch mal räuspern,

*„ich heiße Lukas Behrens, wohne seit einem halben Jahr in Berlin und gehe jetzt auch hier auf das Hedwig-Gymnasium. Ich bin fünfzehn Jahre alt und war davor auf einer Schule in Kreuzberg. Ich fahre gerne Ski in den Bergen und, wenn ich mal nicht in den Bergen bin, spiele ich auch gerne Schach... lese viel und... spiele Tennis. Ich möchte mir hier in Berlin auch wieder einen Tennisverein suchen."* Dass ich hochbegabt bin, habe ich absichtlich weggelassen, nicht nur, weil ich nicht möchte, dass ich hier wieder aufgrund dessen gehänselt und ausgeschlossen werde, sondern, weil es auch einfach angeberisch

geklungen hätte, wenn ich noch *„Außerdem bin ich hochbegabt"* hinzugefügt hätte. Das ist ja auch nichts, was die Klasse unbedingt wissen muss, nichts, was unbedingt in der Vorstellung genannt werden muss. Ich fühle mich ausgesprochen gut. Anfangs habe ich ein klein wenig gestammelt, aber als ich einmal drin war, lief alles wie am Schnürchen. Naja, rot angelaufen war ich sicherlich die ganze Zeit über, aber das lässt sich nicht vermeiden. Ob das jetzt gereicht hat? Aber, wenn ich mir so die Blicke anschaue, dann sehe ich nur nette Gesichter, die mich anlächeln. Mir fällt innerlich ein Stein vom Herzen.

*„Vielen Dank, Lukas. Jetzt kannst du dir noch einen Sitzplatz aussuchen, es sei dir frei gestattet. Neben Jonas, Frederik.... Oder da bei Helene ist auch noch ein freier Platz."* Plötzlich mache ich eine scharfsinnige Entdeckung. Ich habe den Augenkontakt mit dem Mädchen, was so wundervoll ist, bei meiner Vorstellung vermieden, um nicht aus dem Konzept gebracht zu werden. Ich hoffe nur, das hat sie nicht als Beleidigung oder so was in der Art empfunden, aber wahrscheinlich ist ihr gar nicht wirklich aufgefallen, dass ich ihren Anblick absichtlich gemieden habe. Als mein Blick dann nämlich wieder auf das Mädchen trifft, sehe ich, dass neben ihr immer noch niemand sitzt. Das kann nur eins bedeuten:

Dieses umwerfende, mich umwerfende, Mädchen heißt Helene. *Helene.* Und vor allem: neben ihr ist ein Platz frei. Euphorie und Unsicherheit treffen mich gleichzeitig. Sollte ich mich zu ihr setzen? Wenn ich mich zu ihr setzen würde, wäre das.... naja, ich meine, sie hat vielleicht mitbekommen, dass ich sie vorhin so lange angeschaut habe und, wenn ich mich jetzt noch neben sie setze, dann wird sie direkt verstehen, dass ich sie mag und etwas von ihr will. Doch wäre das so schlimm? Leider sitzen in diesem Raum Mädchen und Jungen relativ deutlich bemerkbar voneinander abgegrenzt und die linke Seite, auf der Helene sitzt, wird überwiegend von Mädchen bevölkert, deshalb wäre es merkwürdig, wenn ich mich nicht für die Jungen, sondern für *sie* entscheiden würde. Vielleicht würde ich mich direkt unbeliebt machen, wenn ich mich nicht zu den Jungen setze?

*Vielleicht würde ich wieder gepiesackt werden?*

Aber wobei ich mir sehr sicher bin: Ich würde es sehr bereuen, wenn ich mich zu den Jungen setzen würde. Zu Jonas oder Frederik – einer von denen muss der Dicke hinten rechts sein und der andere einer mit schwarzen Locken, auffallend dunklen Augen und leicht abstehenden Ohren in der zweiten Reihe, beide jedoch sitzen auf der rechten Seite. Auch wenn ich Angst habe und nicht weiß, wie sie, Helene, reagieren wird, muss ich mich einfach neben sie setzen. Ich überlege nicht allzu lange und innerlich habe ich mich eigentlich schon direkt entschieden gehabt. Mit langsamem Schritt gehe ich auf sie zu. Sicherlich hat sie bereits nach den ersten Schritten gemerkt, ich würde mich neben sie setzen und nicht zu den anderen. Links und rechts sind in diesem Raum nämlich stark voneinander getrennt. Daher wollte ich auch nicht nach rechts, da wäre ich so weit entfernt von ihr. *Zu weit.* Helenes Gesichtsausdruck ist freundlich, als ich ihr ins Gesicht blicke. Was kann ich aus ihm deuten? *Vorfreude?* Quatsch. *Höflichkeit.* Es dauert eine Ewigkeit, bis ich an meinem Platz bin, und es ist so still. Als würden die anderen eine Schweigeminute einlegen. Doch sie gucken alle zu mir, wie ich meinen Platz aussuche und letztendlich, wie ich mich hinsetze. Nun bin ich nur noch ein paar Zentimeter von ihr entfernt. Mein Herz pocht sehr schnell, in ihrer Nähe fühle ich mich wohl, aber gleichzeitig bin ich auch total aufgeregt und verkrampft, ich weiß nicht wie ich sitzen soll, wie ich meine Hände halten soll. Sollte ich sie ansprechen? Doch das ist gar nicht nötig, da sie mich anspricht.

„*Na dann, willkommen in unserer Klasse*", spricht sie in einem sehr freundlichen Ton und wendet ihren Kopf zu mir zur Seite. Sie ist so gelassen; wenn sie nur wüsste, wie ich mich fühle... Mehr als ein „*Danke*" fällt mir dazu nicht ein, aber ein sonderlich langes

Gespräch muss es auch nicht geben, da Herr Christoph spricht und die Aufmerksamkeit sowieso gerade nach vorne gerichtet ist. Ich blicke nach vorne und strenge mich an, den Worten des Lehrers zu lauschen, aber dieses Mädchen ist so hübsch, sodass nicht meine volle Konzentration Herrn Christoph gebührt, das ist leider unvermeidlich. Plötzlich stelle ich auch noch fest, dass meine Beine zittern. Helene macht mich vollkommen fertig. Zittern tue ich eigentlich immer nur, wenn ich lange mündliche Beiträge vor einer großen Menge halte, zum Beispiel meine Vorstellung gerade, aber ich habe nicht gezittert, zumindest nicht sonderlich stark, es kann also nicht der Nachhall der Aufregung sein, als ich vorne stand. Oder zittere ich, wenn mir sehr kalt ist. Aber nichts von beidem trifft auf die jetzige Situation zu. Es sitzt lediglich eine Person neben mir, eine Person, mit der ich einen Tisch teile, eine besondere Person, die das auslöst. Zu alldem kommen mir im Augenblick Zweifel, was mein Äußeres betrifft. Ich fummele mir hektisch durch die Haare, um möglichst gut auszusehen und kaue ununterbrochen auf meiner Unterlippe und ich frage mich, ob das rumorige, aber mehr angenehme als nervöse Kribbeln in meinem Körper, welches ich im Augenblick durchgehend verspüre, das Phänomen der „Schmetterlinge im Bauch" sein könnte. Herr Christoph, auch mein neuer

Sportlehrer, wie er mir gerade erzählt hat, gibt mir eine kurze Einleitung, um mir den Einstieg zu erleichtern, während mich schon wieder alle angucken, weil ich neu und interessant bin, und berichtet anschließend von einer Weihnachtsveranstaltung an dieser Schule – das richtet sich jetzt wieder an die gesamte Klasse. Es würde zwei Weihnachtsabende mit besonderen Veranstaltungen geben. Am 18.12. einen Tanzball, bei dem Jungen mit Mädchen beziehungsweise. Männer mit Frauen zusammen tanzen können. Natürlich denke ich direkt an Helene und mich, auch wenn das absurd ist, so was von absurd.

*Sie würde mich auslachen, wenn sie mich tanzen sehen würde.* Jeder sei eingeladen, dürfte hierherkommen und nach Lust und Laune mittanzen, und am 19.12. würden sämtliche Klassen etwas von 19-21 Uhr aufführen. Ein Chor, der Weihnachtslieder singt, ein paar Geschichtenerzähler, die aus der Bibel vorlesen. Das kann ich mir gut vorstellen. So einen Weihnachtsabend habe ich vor ein paar Jahren bereits an der Schule in Tübingen erlebt. Wir, meine neue Klasse, würden an diesem Abend einen Tanz aufführen, verkündet er. *„Aus diesem Grund",* so erzählt Herr Christoph, *„müssen wir eine Choreographie einstudieren. Wir werden diese im Rahmen des Sportunterrichts vorbereiten".* Ein allgemeiner Tumult unterbricht Herrn Christophs Worte und ich kann mir vorstellen, wieso. Die Jungen sind nicht wirklich beigeistert davon, im Sportunterricht zu tanzen und beschweren sich mit lauten Tönen – zumindest der Großteil – und die Mädchen sind tendenziell eher freudig und begeistert von der Idee. Das klingt jetzt sehr klischeehaft, aber so ist es. Klischees sind eben berechtigterweise zu Klischees geworden, sie haben viel Wahres an sich. *„Zu diesem Abend kommen, dürfen alle, die Interesse haben",* fährt Herr Christoph fort. Er drückt uns allen ein paar Flyer in die Hand, die wir austeilen sollen, an Leute in unserer Nachbarschaft oder an Leute, die wir in der Nähe der Schule antreffen.

Anschließend fängt er dann aber mit dem richtigen Deutschunterricht an. *„Wir lesen momentan „Kabale und Liebe" von Friedrich Schiller."* Das ist ein Klassiker, den ich bereits kenne, zumindest vom Namen, gelesen habe ich ihn nicht. Solche Bücher sind keine Bücher, die ich in der Freizeit lesen würde.

*„Die anderen haben das Buch schon besorgt; du, Lukas, müsstest dann jetzt, weil du keines hast, bei Helene mit reinschauen, vorausgesetzt du hast dein Buch dabei, Helene?"* Sein Blick trifft gezielt auf Helene. Ich nutze die Gelegenheit und schaue auch zu ihr. Sie nickt kurz und er wendet seinen Blick wieder zu mir, *„aber für die Zukunft solltest du dir ein eigenes anschaffen. Die Reclam-Ausgabe, ganz wichtig, damit*

*wir alle dasselbe lesen und wir nicht zig verschiedene Versionen haben, aber die meisten von euch kaufen automatisch immer die billige Reclam-Ausgabe ",* sagt er und schmunzelt. Kurz darauf geben mir meine Mitschüler eine kurze Zusammenfassung von dem, was sie bereits gelesen haben, damit ich auf dem neuesten Stand bin und einigermaßen zurecht komme mit dem, was ich lesen soll. Danach gibt Herr Christoph uns den Arbeitsauftrag, im Buch weiter zu lesen, darauffolgend würden wir das Gelesene vergleichen. Bedeutend für mich ist allein der Fakt, Helene und ich werden gemeinsam in ein Buch blicken. Ich probiere möglichst lässig und unaufgeregt zu wirken, auch wenn ich mir nicht sicher bin, ob dies funktioniert. Sie zieht ihr Exemplar aus der Schultasche und klappt es in der Mitte zwischen unseren Plätzen auf dem Tisch auf. Sie hat eine so zarte, weiße Hand, als sie die Seiten umblättert, um auf die Seite zu blättern, bei der sie beim letzten Mal stehen geblieben sind. Sie hat wie auf ihrem Wangenknochen auch auf ihrem Ringfinger ein Muttermal. Auch wenn wir uns nicht gegenseitig in die Augen schauen, ist es doch ein höchst seltsames Gefühl mit ihr in ein und dasselbe Buch zu starren. Alles verkrampft in mir, ich kann mich nicht entspannen in der jetzigen Situation und ich kann mich nicht auf den Inhalt des Buches konzentrieren, ich sehe die Wörter, die Umrisse der Wörter, aber deute sie nicht, verstehe sie nicht, als wäre ich ein Analphabet. Ich kann nicht. Ich bin viel zu nervös und kann mich ausschließlich auf Helene konzentrieren – auf das Gefühl ihrer Nähe. Auf einmal nehme ich einen Duft wahr, den ich vorher noch nicht wahrgenommen habe, wahrscheinlich, weil ich jetzt noch näher an ihr bin. Ein Parfüm – es riecht so angenehm und es passt so sehr zu ihr. Den Duft – ein Rosenduft, wenn ich mich nicht irre – einzuatmen ist wie alles Gute im Leben zu inhalieren. Als sie ihren gesamten Oberkörper einmal aufrichtet, stelle ich mir vor, wie es wäre, ihren Körper zu berühren und wenn wir ins Buch schauen, stelle ich mir vor, da dann ihr Gesicht nah an meinem ist, wie es wäre sie zu küssen. Bei dem Gedanken durchläuft mir ein betäubendes Gefühl durch den Körper. Solche Gedanken hatte ich noch nie. Da schauen wir nun beide stillschweigend in dieses Buch. Wir sollen selbstständig bis Kapitel vier lesen. Anscheinend haben sie gerade erst angefangen das Buch zu lesen, sonst wären sie sicherlich schon weiter. Es ist mir so unangenehm, wahrscheinlich viel unangenehmer als für sie, zwanzig Minuten lang zu lesen, mit ihr, in ein und dasselbe Buch guckend, schweigend. Das kann ich nicht aushalten. Ich möchte sie ja gerne ansprechen, um die Anspannung ein wenig zu lockern, aber ich will sie auch nicht in ihrem Lesefluß unterbrechen.

„*Ist ziemlich kompliziert geschrieben, oder?*", sagt sie auf einmal lächelnd und zu mir guckend und eröffnet somit das Gespräch. Leider antworte ich wieder nur kurz mit einem „*Ja*" und ärgere mich anschließend sehr. Sie muss doch denken, ich würde von ihr genervt sein, da ich nur so kurze Antworten gebe. Dabei möchte ich gerne viel mehr mit ihr reden, doch mir fällt nichts ein. „*Tja, hochbegabt, aber, wenn es drauf ankommt ein Loser*", höre ich in mir sagen. Das hätten jetzt meine Mitschüler aus der alten Schule gesagt. Nach meiner Antwort senkt sie wieder ihren Blick und schaut weiter in ihr Buch, ich bilde mir ein, dass sie enttäuscht geschaut hat. Warum habe ich nicht so etwas wie „*Ja, ist eben die altertümliche Sprache*" *geantwortet*" geantwortet, rede ich mir zu und quäle mich innerlich. Nun ist es zu spät zu antworten.

Ein paar Sekunden später jedoch nehme ich all meinen Mut zusammen, springe einfach über meinen Schatten und erzähle etwas drauf los – wie es mir der Psychologe empfahl, womit ich eine innere Mauer in mir durchschlage.

„*Du heißt also Helene?*", frage ich sie nett und mit einem Lächeln in meinem Gesicht. Ich bin stolz auf mich und fühle mich gut, der Psychologe hatte recht. Am liebsten würde ich auf der Stelle auf und ab hüpfen vor Freude – weil ich sie etwas gefragt habe.

„*Ja, Entschuldigung, ich hatte mich nicht vorgestellt. Aber woher weißt du das?*" Sie guckt mich stutzig an.

Da wir uns jetzt beide in die Augen sehen – eigentlich fällt es mir immer schwer jemandem in die Augen zu sehen, aber bei ihr gefällt es mir – kann ich sie von nahem betrachten, Details in ihrem Gesicht erkennen. Es ist ein so schönes Gefühl in ihr Gesicht sehen zu können. Jetzt sieht sie noch schöner aus als von weitem. Sie hat grüngraue Augen, dieses auffallende Muttermal auf ihrem rechten Wangenknochen und sie ist ungeschminkt. Beim Betrachten geht mir ein Licht auf, jetzt verstehe ich es: Sie sieht so schön aus, weil sie *natürlich* ist. Ich mochte nie geschminkte Mädchen, vor allem die nicht, die damit übertreiben. Jetzt weiß ich wieso, *sie* ist das perfekte Beispiel für eine reine, natürliche Schönheit und wie viel schöner eine natürliche Schönheit gegenüber einer geschminkten Schönheit doch ist. Unvergleichbar. Eine ganz andere Liga. Meine Lippe zittert ein wenig. Findet sie mich auch schön? Bestimmt nicht, niemand mag mich, diese Erkenntnis habe ich mein ganzes Leben mit mir getragen – bis auf meine Eltern. Aber das darf ich mir nicht einreden. Nur weil ich sonst nie Glück mit Freunden hatte, muss das doch nicht automatisch heißen, dass sie mich nicht mag. Ich bin so vertieft darin, ihr schönes Gesicht zu

40

betrachten, dass ich ganz vergessen habe, ihr zu antworten.

*„Lukas?"*

*„Ehm, ja, ich.... also..."*

Ist das peinlich. Ich laufe tiefrot an. Jetzt habe ich tatsächlich vergessen, was sie gefragt hat. Das ist mir noch nie passiert? Wie kann es biologisch gesehen möglich sein, dass ich eine Frage, die zwei Sekunden zuvor gestellt wurde und ich zuvor wahrgenommen habe, wieder vergesse, allein durch einen Blick in ihr Gesicht? Das bin so typisch ich, ich bin so ein dämlicher Trottel! Am liebsten würde ich in den Boden versickern. Sicherlich denkt sie, ich würde ihr nicht zuhören, mir wäre egal, was sie sagt, dabei bin ich einfach nur überwältigt von ihrer Schönheit und nervös in ihrer Anwesenheit.

Natürlich kann ich jetzt nicht einfach schweigen, da muss ich leider durch, so unangenehm es auch ist.

*„Was war nochmal die Frage?"* Gott, komme ich mir bei dieser Frage blöd vor.

*„Woher du wusstest, wie ich heiße",* wiederholt sie und lächelt mir zu wie zu einem Idioten, der schwer von Begriff ist, aber das bilde ich mir wahrscheinlich wieder nur ein. Ich habe befürchtet, sie würde genervt klingen, aber sie bleibt glücklicherweise ganz freundlich. Vielleicht hat sie mich ja durchschaut und längst bemerkt, dass ich mich in sie .... verliebt habe.

„Verliebt" klingt so seltsam, zumindest in dem Kontext. Liebe kenne ich immer nur aus Filmen und natürlich aus Büchern – obwohl das Genre Liebe mein Bücherregal nicht allzu bevölkert. Noch nie habe ich sonderlich viel mit Mädchen in meinem Alter zu tun gehabt, außer bei schulischen Projekten, aber außerschulisch habe ich mich, soweit ich mich entsinnen kann, noch nie mit einem Mädchen getroffen und in puncto Liebe habe ich selbst erst recht nicht eine winzige Erfahrung gemacht. Doch es ist eindeutig. Ich muss mich verliebt haben. Wieso sollte ich mich sonst so verhalten, wie ich mich verhalte?

Hastig antworte ich diesmal, da ich nicht will, dass ich die Frage durch ihren Anblick wieder vergesse.

„Naja, Herr Christoph hat vorhin gesagt ‚neben Helene sei noch ein Platz frei' ", erkläre ich ihr – ärgerlicherweise in einem schüchternen, dumpfen, monotonen Brabbel-Nuschel-Ton.

Aus dir herauskommen, offen sein, fröhlich sein, entkrampfen und ausdrucksstärker sprechen", rede ich mir in Gedanken zu.

Stell dir vor, du sprichst mit einem Bekannten.

„Ach soo", grinst sie süß.

„Und wie ist die Schule so?", frage ich direkt im Anschluss. Ich möchte sie nicht mit Fragen überrennen, dennoch möchte ich den Kontakt mit ihr halten. Es ist gerade so schön mit ihr zu sprechen und ich möchte nicht, dass daraus wieder eine unerträgliche Stille wird. Ich hoffe so sehr, sie findet mich ebenfalls sympathisch und attraktiv, oder wenigstens eins von beiden, und sie ist ja auch nett zu mir. Aber es gibt zwei Arten von „nett": „Nett", weil sie mich wirklich mag und „nett", weil ich neu bin, sie nicht asozial sein möchte oder Mitleid mit mir hat.

*„Manchmal nervig... unsere Klasse hat dieses Jahr echt strenge Lehrer abbekommen, Herr Christoph ist noch mit der Netteste. Aber ansonsten... du hast bestimmt schon das Gebäude gesehen...",* antwortet sie. Ich weiß direkt, was sie meint. Es ist die schönste – die beeindruckendste – Schule, auf der ich bisher war. Eine Schule zum Angeben.

*„Ja, das stimmt",* kommt gerade noch über meine Lippen, als Herr Christoph uns unterbricht.

Er räuspert sich, um auf sich aufmerksam zu machen, bevor wir beide zu ihm aufschauen. Erst jetzt sehe ich sein unscheinbares, kleines Ziegenbärtchen an seinem Kinn.

*„Es ist zwar sehr schön, dass ihr euch auf Anhieb so gut versteht, aber jetzt ist Lesen angesagt, wie weit seid ihr denn?",* fragt er uns.

*„Und kommt ihr mit dem Text zurecht, besonders du, Lukas?",* fügt er an.

Wir schauen uns beide an, schmunzeln, da wir noch so gut wie nichts gelesen haben. Ich habe insgesamt vielleicht eine Seite gelesen, eher überflogen, und auch nicht wirklich verstanden, was nicht primär an der schwer verständlichen, altertümlichen Sprache des Stücks liegt als an einem gewissen Mädchen, stattdessen haben wir uns unterhalten.

*„Ja ja, alles gut. Wir haben jetzt so zwei, drei Seiten gelesen",* sagt Helene schließlich.

*„Ja, bei mir ist auch alles gut",* stimme ich ihr zu, woraufhin mir Helene kurz darauf zu zwinkert, was enorme Euphorie in mir hervorruft. Zum ersten Mal habe ich das Gefühl, dass wir uns wirklich gut verstehen und ich fast so jemanden wie eine Freundin habe. Noch nie wurde ich so gut aufgenommen wie hier, von Helene, na ja, ich hatte mich auch nie getraut, mich mit anderen zu unterhalten. Die anderen mussten immer die Konversationen einleiten, die ersten Schritte machen und darauf hatten die meisten keine Lust. Meine Aufregung in Helenes Nähe zu sein und mit ihr zu sprechen ist zwar immer noch da, legt sich aber zum Glück je mehr wir Zeit miteinander verbringen und dadurch, dass wir so lockere, nette Gespräche miteinander führen. Zu dem Zeitpunkt war ich glücklicher denn je. Ich wusste, hätte ich mich auf die rechte Seite gesetzt, wäre das alles jetzt nicht gewesen. Ich hätte mich nicht mit ihr unterhalten

können. Aber jetzt verstehen sich dieses wundervolle Mädchen und ich uns dem Anschein nach relativ gut, wobei ich mir immer noch nicht hundert Prozent sicher bin, ob sie mich wirklich ernsthaft mag oder nur heuchelt. Doch als sie mir dann, kurz nachdem Herr Christoph sich wieder entfernt hat, zuflüstert, ob sie mir gleich in der kleinen Pause die Schule zeigen dürfe, bin ich mir sicher. Ihr Hauchen an meinem Ohr lässt elektrische Schwingungen durch meinen Körper ziehen. Sonst würde sie sich nicht so eine Mühe machen. Vorfreudig stimme ich ihr zu. Jeder Moment mit ihr, bei ihr, macht mich glücklich. Ich genieße jede Sekunde.

*„Außerdem kann ich dir ja mal die anderen vorstellen. Mit denen hast du dich ja jetzt noch nicht unterhalten können",* sagt sie. Um ehrlich zu sein wird mir ein wenig mulmig bei dem Gedanken, aber es ist nett von ihr, ich darf sie nicht enttäuschen, und vor allem wäre dies gut für *mich.* Vielleicht werde ich ja noch mehr nette Kontakte knüpfen.

*„Gerne",* nicke ich ihr zu. Das klang jetzt wiederum zu übertrieben, begeistert und überschwänglich, dass es fast schon wieder peinlich war. Oh, Man. Warum muss ich mich denn auch so bescheuert anstellen? Sie lächelt trotzdem, woraufhin ich zurücklächle. Wenn sie lächelt, muss ich automatisch mitlächeln. Es ist kein falsches Lächeln, sondern ein Echtes. Das sehe

ich an ihren Augen, sie freut sich wirklich, und das ist der Grund, warum ich nicht anders kann und dies eine logische, physische Reaktion ist. Wobei natürlich noch etwas anderes da hineinspielt. *„Warum hast du eigentlich deine alte Schule gewechselt?"*, fragt sie neugierig.

Meine Miene verhärtet sich augenblicklich und ich schlucke. Ich erhitze vor Scham und Nervosität. *„Das... ich schätze, die Schule fand ich einfach so toll"*, lüge ich.

*Verdammt, warum?*

Aber man hätte vorhersehen können, dass die Frage kommen würde, dennoch fühlte ich mich nicht in der Lage ihr das jetzt zu sagen. Und es ist fast besser, dass ich es nicht gesagt habe, denn wenn die Klasse erstmal weiß, dass man früher das „Opfer" war, dann sehen sie einen direkt mit ganz anderen Augen und womöglich wird man dann auch hier zum „Opfer". Dennoch ist der Anfangskontakt mit ihr durch eine Lüge verschwärzt worden.

# Kapitel 2

Dunkle Wolken stehen bereits sehr tief über uns und noch dunklere bläst der Wind in unsere Richtung. Es wird bald anfangen zu gewittern, das hat der Wetterbericht angesagt. Aber das ist mir egal; meine gute Laune kann mir niemand vermiesen, auch nicht Mutter Natur oder Thor. Helene, Marius und ich sind auf dem Rückweg zu mir nach Hause. Die Schule ist gerade aus und ich habe sie zu mir eingeladen, um Zeit mit ihnen zu verbringen, uns nett zu unterhalten, Hausaufgaben zu machen, aber auch, um sie meinen Eltern vorzustellen. Wir wurden in den letzten Tagen zu engsten Freunden, besonders mit Marius verstehe mich in den letzten Tagen immer besser, mit Helene verstehe ich mich ja von Anfang an gut. Marius ist einer derer, die Helene mir am ersten Tag vorgestellt hat. Er ist beliebt und nett, fünfzehn Jahre alt und ein guter Freund. Er hat sehr blonde Haare, beinahe weiße, und erinnerte mich, als ich ihn zum ersten Mal sah, an Michel aus Lönneberga, dem verfilmten

Protagonisten aus der gleichnamigen Kinderbuchserie von Astrid Lindgren – allerdings in älter, der hatte nämlich auch so helle Haare. Marius spielt Schach, genau wie ich. Ab und zu spielen wir in der Schule, denn er hat immer ein Mini-Reiseschachbrett mit den entsprechenden Mini-Figuren in einer Seitentasche seines Schulranzens mit. Auch wenn die Partien für einen Außenstehenden ebenbürtig aussehen, muss Marius mir zugestehen, dass ich ein wenig besser spiele als er, dennoch spielt er ganz und gar nicht schlecht, keineswegs, ich habe wahrlich noch nie gegen jemanden gespielt, der besser spielte als er. Und ich bin froh darüber: Mit meinen Eltern zu spielen, die erstmal nie Lust haben und zweitens: nicht – euphemistisch ausgedrückt – die besten Schachspieler sind, macht es immer weniger Freude. Außerdem kann er wahnsinnig gut zeichnen, kein Wunder also, dass er den Kunst-LK gewählt hat, bei vielen Kunstwettbewerben abgesahnt hat und ein Studium an der Universität der Künste für Visuelle Kommunikation im Bereich Illustration zu wählen in Erwägung zieht. Als ich an meinem ersten Schultag nach der Stunde den anderen von Helene vertraut gemacht wurde, war er bereits der Sympathischste von allen Jungen. Dadurch, dass er in meiner Vorstellung gehört hat, ich würde Schach spielen, hat er mich in der Pause darauf angesprochen und so begann unsere Freundschaft. Wir unterhalten uns seitdem immer in den Pausen über Schachzüge, berühmte Schachspieler, Guinness-Weltrekorde, Schule und anderes Alltägliches – zusammen mit Helene, wenn sie nicht gerade bei ihren Freundinnen ist. Man könnte meinen, alles ist, wie es gerade ist, perfekt und der Start an einer neuen Schule hätte ja auch nicht besser laufen können. Ich bin in diesen Tagen glücklicher als in meiner gesamten vorigen Schulzeit, obwohl ich im Hinterkopf habe, dass wir irgendwann wieder umziehen könnten. Aber das würden meine Eltern nicht tun, wenn – das ist auch der Grund, weswegen ich das mache – ich ihnen Helene und Marius vorstellen würde. Das hatte zwar schon einmal nicht geklappt, aber damals waren das keine so engen Freunde. Außerdem, was glaubt ihr, wie glücklich ich war, als ich am ersten Schultag von der Schule zurückkam. Meine Eltern rechneten mit einem deprimierten, frustrierten Gesicht, aber ich war wahrscheinlich so glücklich, wie sie mich noch nie erlebt haben. Es lag das größte Grinsen in meinem Gesicht, was sie je von mir gesehen haben. Meine Eltern sind keine Monster, irgendwann werden auch *sie* weich und das ist jetzt sicherlich so, wenn sie merken, *wie* froh ich bin auf diese Schule in diese Klasse zu gehen. Natürlich könnte es passieren, dass meinem Vater wieder gekündigt wird oder er andere

Probleme mit seiner Arbeit kriegt, aber da würde es sicherlich – nein, auf jeden Fall –alternative Wege geben, als direkt umzuziehen. Ich mache das also nur, um mich abzusichern. Ich habe tatsächlich – mir damals lang ersehnte – echte Freunde, gute Freunde. Jeden Abend träumte ich davon, als ich mit wässrigen Augen im Bett lag, da mal wieder irgendetwas Erniedrigendes in der Schule passiert war. Es ist, als wäre ich in einer ganz anderen Welt, da ich erst *vor kurzem* Abende lang verzweifelt in meinem Bett lag, über mein Leben nachgedacht habe; dass es so nicht weitergehen kann; und in dieser Welt bin ich zwar immer noch gebrandmarkt von den Geschehnissen der unmittelbaren Vergangenheit, aber einfach nur berauscht und glücklich. Ich fühle mich so frei und geborgen. Erst jetzt merke ich, wie wichtig mir Freunde sind. Und dann gibt es da noch Helene, deren Anblick meine Knie dazu veranlassen können, ganz weich zu werden und das Herz, wenn sie sich zu mir umdreht, in einen Ausnahmezustand zu versetzen. Wobei man diesen Zustand nach so vielen Malen nicht mehr als Ausnahmezustand bezeichnen kann. Und genau da sind wir beim Problem angelangt; das, was mich in diesen Zeiten dennoch belastet: Und zwar ist da ein Feuer in mir. Ein Feuer, das ausbrechen will, wie ein Vulkan, aber leider nicht darf. Sinnbildlich ein schlafender Vulkan. Das Feuer, das in mir ruht, ist das

Feuer der Liebe, der Reiz, mehr zu wollen. Helenes Verhalten beurteilend steht fest, sie mag mich, sogar sehr, aber wahrscheinlich nicht so wie ich sie. Eine Art Dauermissverständnis. Eine unglückliche Liebe, eine Liebe die nicht beiderseits erfüllt wird. Das schließe ich daraus, dass ich kein einziges Mal mitbekomme, dass sie mich heimlich ansieht, während ich dies andauernd mache, weil ich von ihrer Schönheit nicht ablassen kann. Ich möchte auch überhaupt nicht ablassen, da mein Körper mit Glücksgefühlen berauscht wird, immer wenn ich sie ansehe. Ebenfalls sagt sie auch nicht im Geringsten etwas, was darauf hindeuten kann. Es ist eben eine ganz „normale" Freundschaft, die uns drei verbindet, wir verstehen uns gut und haben nette Unterhaltungen. Eine „normale" Freundschaft, auch zwischen ihr und mir. Ich sollte zufrieden sein, dass ich mich so gut mit ihr verstehe, ich weiß, aber meine Liebesgefühle kann ich dennoch nicht ausblenden. Sie sind immer da. Ich habe eher nicht den Gedanken, ihr in naher Zukunft zu erzählen, dass ich sie liebe, da ich einfach zu ängstlich bin; wir kennen uns bislang ja auch noch nicht so lange, es ist mir zu früh und ich will nicht enttäuscht werden, ich würde leiden und wäre traurig, würde zusammengekauert unter meiner Decke trauern und eine Welt würde für mich untergehen. Außerdem sind wir zu so guten Freunden geworden, ich möchte diese

Freundschaft nicht zerstören, auch aus Angst, alles zu verlieren. Ich weiß eben nicht, wie sie reagieren würde, daher will ich mir die verdammte Liebe aus dem Kopf schlagen, aber ich stellte fest, die Liebe sitzt im Herzen und das ist unerreichbar für mich. Dessen ist – wenn überhaupt, da bin ich mir nicht mal sicher – nur die Zeit mächtig. Das Verhältnis zwischen uns wäre sicher nicht mehr dasselbe, wüsste sie, ich wäre in sie verliebt und mit dem Wissen, sie wäre nicht in mich verliebt. Es könnte soweit kommen, dass wir uns streiten, und das möchte ich um jeden Fall vermeiden. Wir hören ein leises Grummeln der Wolken aus der Ferne. Das Gewitter zieht an. *„Ich glaube, wir sollten uns ein klein wenig beeilen, wenn wir nicht klitschnass bei dir ankommen wollen"*, stellt Marius fest, woraufhin wir herzhaft lachen müssen. Marius ist jemand, der, egal was er sagt, Leute zum Lachen bringt. Egal, wie banal die Sache ist. Er hat einfache eine gewisse, witzige Art, einen witzigen Unterton, während er spricht, außerdem verzieht er nie eine Miene, selbst wenn er wirklich lustige Dinge sagt; er sollte wirklich, wie ich ihm geraten habe, Kabarettist werden. Deshalb mag ich ihn auch so sehr. Er ist jemand, der einen zum Lachen bringen kann, wenn man gerade traurig ist. Mittlerweile spüren wir schon die ersten Tröpfchen auf uns heruntertropfen und es werden in Sekundenschnelle immer mehr und immer dickere

Tropfen – dazu ein kühler Wind, doch anstatt uns zu ärgern, lachen wir und rennen los. Es ist wieder so eine Situation, bei der ich mir denke: Ich sollte die Liebe vergessen, diese Freundschaft ist etwas Besonderes. Ich brauche diese blöde Liebe nicht, aber sie ist verdammt noch mal da, der Reiz der Nähe, ich will unbedingt mehr als nur Freundschaft. Sie darf nicht da sein, aber sie ist da.

Der Weg zu mir ist glücklicherweise nicht weit, daher schaffen wir es mit Beeilung gerade so anzukommen, bevor es so *richtig* anfängt zu schütten. Allerdings sind wir doch alle ein wenig nass. Helenes Haare haben sich zu dickeren Strähnen zusammengezogen, da sie Wasser aufgesogen haben und haben sich schwarz verfärbt. Sie sieht heute wieder so attraktiv aus. Ich kann es nicht lassen, sie stetig anschauen zu müssen, so wie ein Verliebter seine Geliebte nun mal anschaut, auch wenn ich mich probiere zu zügeln und meinen Kopf immer schnell wieder wegdrehe. Einerseits habe ich dieses verkrampfte Spiel satt, andererseits ist die Situation momentan gar nicht übel, der Zustand verliebt zu sein lässt mich immer wieder beflügeln. Sie trägt – wie sie es oft tut – ein hautenges, graues Oberteil, welches durch die Nässe an ihrer Haut haftet und manchmal denke ich, sie wüsste über mich Bescheid und kleidet sich absichtlich so, um mich zu quälen. Wahrscheinlich hat sie sich zudem auch den

Wetterbericht angesehen. Das Schlimmste von allen Dingen ist jedoch der Schwimmunterricht (normalerweise üben wir im Sportunterricht unsere Tanzchoreographie, vereinzelt jedoch betätigen wir uns auch anderweitig, weil sein Unterricht nicht zu einseitig sein soll): Als wir am Freitag meiner ersten Schulwoche zum ersten Mal Schwimmunterricht hatten, war ich hin- und weggetreten. Helene hat einen so schönen Körper. Die geschmeidig glatte Haut, die überall an ihr zu sehen war, umgibt ihr Gesicht und ihre Haare in einer Perfektion. Sie trägt zum Schwimmen immer einen schwarzgrauen Bikini, der gerade mal die Hälfte ihrer Brüste verdeckt und natürlich die dazugehörende Badehose, ansonsten sah man nur nackte Haut. Ihr gesamter Bauch und ihre gesamten Beine waren frei zu sehen, die glatten Rundungen ihres Körpers. Die Gefahr war zu hoch, als, dass ich sie anschauen durfte, nur ging das schlecht, da wir beste Freunde sind und sie immer auf mich zukam. Ich war so dermaßen erregt von ihr, dass ich ohne die kalten Becken, in die ich springen konnte, wenn es brenzlig wurde, aufgeschmissen gewesen wäre. Wir stellen uns an meinem Dach unter und verschnaufen kurz, schließlich sind wir dem Gewitter in einem ziemlich hohen Tempo davongelaufen. Anschließend schließe ich uns auf. Meine Eltern wissen natürlich Bescheid, dass ich mit Besuch zurückkommen würde. Als wir in meine Wohnung eintreten, ist mein Vater gerade an seinem Computer beschäftigt und meine Mutter macht irgendwas in der Küche, aber sie kommen schnell zu uns her, weil sie das Geklimper des Schlüssels hören. Mein Vater kommt besonders schnell anspaziert:

*„Naaa? Ihr seid also Helene und Darius?",* fragt er grinsend.

*„Eh, ich hei –"*

*„Sehr schön, ich bin der Frank. Wie war denn Schule?"*

Mein Vater redet bei Besuch mit den Gästen immer wie mit Sechsjährigen, wie als wäre er der Clown auf einem Kindergeburtstag – das war mir immer schon ein wenig peinlich.

*„Normal",* antworte ich im Namen von allen, da keiner was hinzuzufügen hat.

Es ist immer dieselbe Frage, die mein Vater stellt, wenn ich von der Schule komme.

*„Und ich heiße Marius, nicht Darius",* erklärt Marius darauf bestehend.

Marius kann es nicht leiden, wenn man ihm Spitznamen verpasst, wenn man ihn bei falschem Namen nennt folglich auch nicht.

*„Ja, natürlich. Marius, meinte ich ja."*

*„Lukas hat schon viel über euch erzählt...",* sagt er während er übertrieben grinst.

Meine Mutter kommt auch endlich mal zu Wort und begrüßt beide.

*„Hallo, ich bin die Karo. Lukas' Mutter. Freut mich, euch kennenzulernen".* Sie reicht Helene und Marius ihre Hand. Meine Mutter hat ein feineres Gefühl für den Umgang mit Gästen, nicht wie mein Vater; der ist immer ein wenig ruppig und auch, was andere Bereiche betrifft, ist meine Mutter die taktvollere Person von beiden.

Anschließend ziehen wir uns in mein Zimmer zurück. Helene und Marius schauen sich beide bei mir um. Es ist das erste Mal, dass sie bei mir zu Hause sind.

*„Du hast es ziemlich schön hier"*, sagt Helene und schaut sich weiter in meinem Zimmer um.

Ich habe extra aufgeräumt gestern Abend, ansonsten sieht es bei mir immer chaotisch aus, nicht zumutbar für Gäste.

*„Naja, es ist nicht schlecht, da hast du recht"*, antworte ich bescheiden.

In *Kunst* behandeln wir momentan Design, konkret gesagt perspektivisches Zeichnen, und wir haben die Hausaufgabe auf bekommen, eine Sache unserer Wahl perspektivisch korrekt zu zeichnen.

*„Was könnte man denn zeichnen?"*, murmelt Marius sich in meinem Zimmer umsehend. Erstmal biete ich ihnen Stühle an, dass sie sich setzen können, packen anschließend unsere Schulmaterialien aus und breiten

sie auf meinem großen Schreibtisch aus, während Marius weiterhin überlegt.

*„Ich weiß…",* sagt er schließlich.

*„Helene? … Was dagegen, wenn ich ein Portrait von dir zeichne?",* fragt er sie.

*„Wirklich, das möchtest du machen? Klar, gerne, also nein, nichts",* antwortet sie entzückt. Schließlich zeichnet Marius auf hohem Niveau, zumindest behauptet er das immer.

Er holt seinen dicken Zeichenpapierblock aus seiner Schultasche und sein Bleistift-Set, bestehend aus Bleistiften aller Härtegrade, die es nur gibt. Er gibt gerne mit seinen Zeichenkünsten und seiner Zeichenausstattung an.

*„Ok, setz' dich einfach nah an mich ran, damit ich dein Gesicht genau zeichnen kann, aber dreh' dich am besten ein wenig, damit das Ganze perspektivisch zu zeichnen gut möglich ist".*

Sie rücken mit ihren Stühlen weiter ans Fenster und entfernen sich von mir, weil Marius das Tageslicht fürs Zeichnen dem künstlichen Licht vorzieht. Ich wünschte, ich wäre gerade an Marius' Stelle und ärgere mich insgeheim, dass mir nicht der Einfall gekommen ist, auch, wenn ich bei weitem nicht so gut zeichnen kann und mein Endprodukt mit hoher Sicherheit peinlich gewesen wäre. Dennoch hätte ich so Helene immerzu ansehen können mit der

Begründung, dass ich ihre genauen Gesichtskonturen erfassen müsse.

Sie rückt bis auf einen Meter an ihn ran und er fängt gleich damit an, professionell auf seinen Block zu kritzeln. Ich weiß nie, wie er das schafft, auf Anhieb und in kürzester Zeit so gut zu zeichnen, so schnell zu zeichnen, aber dass doch jeder Strich sitzt.

*„Soll ich lächeln oder ist es zu schwer Zähne zu zeichnen?",* fragt Helene höflich, was Marius jedoch dem Anschein nach als Provokation und Herausforderung aufnimmt.

*„Ne, ruhig lächeln. Dann siehst du auf der Zeichnung auch freudig aus."*

*„Du musst wissen",* fügt er wenig später hinzu und lächelt sie an; dieses Lächeln brennt sich in meine Haut, *„ich zeichne nicht jeden. Nur schöne Leute."*
Ich denke, ich höre nicht richtig? Was sollte das denn jetzt heißen? Flirtet er gerade mit ihr in meinem Zimmer vor meinen Augen? Aber ich denke mir erstmal nichts dabei, schließlich sind wir ja alle gute Freunde und Komplimente machen ist doch nicht zwangsweise *anmachen. „Oh, sehr charmant von dir, du Romantiker!",* antwortet sie scherzhaft und kichert.
Während Marius weiter im Wechsel zwischen H- und B-Bleistiften und Verwischstab zeichnet, fange ich ebenfalls an, eines meiner Bücher zu zeichnen – ein Taschenbuch-Comic; ich blicke aber immer wieder

rüber zu Helene und Marius. Auf eine gewisse Art und Weise fühle ich mich ausgeschlossen. Die beiden plaudern und ich zeichne schweigend in der anderen Ecke des Raumes. Sie klingen wie ein eingespieltes Team – schließlich kennen sie sich ja schon über vier Jahre – wohingegen ich, stelle ich mir vor, sie mit meinen Kommentaren oder meiner Anwesenheit nur stören würde, aber das stimmt nicht, bestimmt nicht.

*„So, fertig. Schau mal. Wie findest du's?"*, fragt Marius zehn Minuten später, während er seine Hand, senkt und die Zeichnung zu ihr herumdreht.

*„Wow..."*

Ich kann mir nicht verkneifen, auch drauf zu gucken, also rücke ich zu ihnen und betrachte die Zeichnung. Helene sieht zwar nicht so gut wie in Realität aus, aber ihre wesentlichen Gesichtszüge sind dennoch außerordentlich gut getroffen.

*„Wirklich nicht schlecht, Marius..."*, gebe ich zu, so sehr er auch damit immer angibt. Berechtigt, er kann es wirklich phänomenal.

*„Und weißt du was? Weil es so gut geworden ist, schenke ich es dir, ich zeichne für Kunst einfach was anderes"*, sagt er lächelnd.

Ihm ist ganz klar, er wird ihr damit eine Freude machen.

„*Och, du mutierst ja langsam wirklich zum Romantiker! Danke!*", sagt sie lächelnd und nimmt die Zeichnung entgegen, die sie in ihren Händen weiter begutachtet.

In Helenes funkelnden Augen erkenne ich, wie sehr sie sich darüber freut und so sehr ich mich für Helene freue, bin ich gleichzeitig ein klein wenig eifersüchtig. Aber wenig später sehe ich etwas, was mich schockiert und was der Auslöser dafür ist, dass ich das erste Mal wirklich eifersüchtig und zugleich wütend auf meinen besten Freund bin. Mein Herz erleidet einen kleinen Stich bei diesem Anblick. Ich sehe nämlich, wie Helene Marius auf die Wange küsst. Dadurch, dass sie heute – das tut sie nicht allzu oft – Lippenstift auf ihre Lippen aufgetragen hat, – einen ästhetischen, dunkelroten – sieht man einen Abdruck auf seiner Wange, der mich jetzt den Rest des Tages daran erinnern soll.

Warum möchte mich das Leben so bestrafen?

Ich fühle mich von Marius hintergangen; obwohl er natürlich unwissend ist, dass ich für Helene mehr empfinde, etwas ganz Besonderes empfinde, quält mich die Situation, vor allem, da mich Helene noch nie geküsst hat, weder auf die Wange noch irgendwo anders hin. Ich bin eifersüchtig, dass ich ihr so etwas wie das schön gezeichnete Portrait nicht bieten kann, scheinbar imponiert ihr das sehr.

Während ich nicht selten *nachts* von ihr träume, jeden Abend im Bett an sie denke, dann, wenn ich Musik höre oder im Unterricht, wenn der Stoff gerade langweilt oder, wenn ich gerade schlecht gelaunt bin und mich solch liebliche Gedanken aufheitern – eigentlich könnte man sagen, dass ich so ungefähr *immer* an sie denke – und ich mir abends immer nur vorstelle, wie es *wäre*, Helene zu küssen – ich aber weiß, in der Realität würde das nie passieren – küsst sie nun aber Marius?

Natürlich lasse ich mir nichts anmerken und muss mir meine Wut verkneifen.

Ich weiß nicht konkret warum, jedenfalls muss es definitiv mit dem Kuss zusammenhängen, aber ich mache mir in dem Moment Vorwürfe; ich hätte sie doch gar nicht verdient. Oder, was erwarte ich? Ich und sie? Sie verdient einen großen, durchtrainierten, maskulinen Surfertypen mit Bart und Erfahrung beim Küssen und ich bin nun mal das komplette Gegenteil. Sie ist ein so reifes sechzehnjähriges Mädchen und ich im Kontrast zu ihr ein hochbegabter, kleinwüchsiger Junge, der an den meisten Schulen ein Außenseiter war. Das „Opfer". Das passt doch auch nicht zusammen, oder? Helene säße majestätisch posierend auf einem goldenen Thron und ich zitternd neben ihr auf einem zerbrechlichen Holzstühlchen. Doch dann schüttele ich mir die negativen Gedanken vom Leib, wie ein nasser Hund, der sich nach einem kleinen Seegang trocken schüttelt. Diese Vorwürfe kommen nur durch das Mobbing an meiner alten Schule, denn ich wurde schikaniert aufgrund meiner Körpergröße (manchmal sagte ich, weil mir meine Größe peinlich war, ich sei dreizehn anstatt fünfzehn), und meiner Schüchternheit, oder einfach, weil sie ein Opfer suchten, mit dem sie Spaß haben konnten; ich konnte mich nie richtig verteidigen, ich war zu geschwächt, habe immer nur dahergestammelt oder geschwiegen oder eben gesagt, dass sie *„das lassen"* sollen, was natürlich kein Grund für sie war, aufzuhören. Ich habe die Pfeile auf mich einregnen lassen. Hätte ich wenigstens Freunde gehabt, die mir das Gefül gegeben hätten, dass ich eben nicht minderwertig oder „das Opfer" bin. Doch so fiel mir die Situation umso schwerer. Nicht nur verbal wurde sich über mich lustig gemacht, sondern auch physisch. Sie haben mich hemmungslos und respektlos behandelt, mit mir gemacht was sie wollten, und ich wusste nie, wie ich reagieren sollte. Ich wurde nie geschlagen oder ähnliches, das hätte ich nie zugelassen. Aber die Hilflosigkeit in mancher Situation, die Unsicherheit, wie ich reagieren sollte, hat mir schon immer zu schaffen gemacht. Bei solchen Leuten hilft eigentlich nur rohe Gewalt; ich habe ihnen so oft gesagt, sie sollen es lassen, aber es hat ja nichts genützt? Bei einem Schlag ins Gesicht hätten sie Respekt bekommen und hätten mich wahrscheinlich in Ruhe gelassen. Ich habe mich immer geärgert, warum ich mich nie durchgesetzt habe, obwohl ich es mir immer fest vorgenommen habe. Die ältere Generation hat so was von recht, ein Großteil der heutigen Jugend ist respektlos und skrupellos. Oder alternativ hätte man auch Eindruck und Respekt schaffen können, indem man eine klare Ansage macht, in hoher Lautstärke, mit bedachten Worten, wie: *„Ich weiß, ihr behandelt mich wie eine Puppe, über die man sich lustig machen kann wo, wie und wann man will, mit der machen kann, was man will, aber jetzt reicht's mir wirklich! So bin ich eben nicht, mit mir könnt ihr eben nicht alles machen, was ihr wollt, ohne, dass ich mich wehre. Ich weiß nicht, ob ihr wisst, mit wem ihr es zu tun habt, wenn nicht, dann sage ich es euch: Ich bin ein Mensch, ein Mensch mit Gefühlen, und habt ihr jemals auch nur eine Sekunde lang daran gedacht, wie ich mich fühlen könnte? Ich kann euch versichern, ihr möchtet das nicht erleben, was ich jeden Tag in der Schule erleben muss! Ich habe eine Würde! Der erste Artikel des Grundgesetzes lautet „Die Würde des Menschen ist unantastbar", somit brecht ihr zugleich den ersten Artikel des Grundgesetzes, von den Menschenrechten ganz zu schweigen, und ich weiß, dass ihr obendrauf auch noch euren Spaß daran habt, was sowas von abartig* *ist, dennoch ist jetzt ein für alle Mal Schluss, es sei denn, ihr wollt eine Seite von mir zu Gesicht bekommen, die euch sicher nicht gefallen wird!"* Das ist eine Rede, die ich einstudiert hatte, die ich aber nie losgeworden bin, denn sowohl dazu als auch zu harter körperlicher Gewalt fehlte mir der Mut. Deshalb habe ich stattdessen eben einfach die Schule gewechselt, den Rückzieher gemacht, was aber jetzt im Nachhinein wirklich die beste Variante war. Jetzt bin ich stärker, ich stehe zu mir und ich möchte nicht streiten. Es ist ja nicht Marius' Schuld, dass Helene ihn geküsst hat, im Gegenteil, es ist sogar meine, würde ich Helene meine Liebe beichten, hätte sie ihn bestimmt nicht vor meinen Augen geküsst. Er ist ein so guter Freund, diese Freundschaft lasse ich mir nicht verderben. Sonst ende ich irgendwann wieder so wie damals, hilflos und einsam in der Ecke des Klassenraums, da ich draußen die ganzen Cliquen und Freundschaften zu Gesicht bekommen hätte, die mich ausgelacht hätten. Die Situation hat sich zum Glück gewandelt und ich muss endlich mit meiner Vergangenheit abschließen und sie jetzt im Nachhinein eher als   Erfahrung und tatsächlich als Bereicherung zu sehen. Sie darf mich einfach nicht mehr so sehr beeinflussen, sie darf nicht situationsbedingt in Fluten wieder hochkommen.

# Kapitel 3

*D*ie fünfte Stunde hat mittlerweile schon vor zwölf Minuten begonnen, doch unsere Latein- und Altgriechischlehrerin mit dem komplizierten Namen Frau Cryszowitsch, der Ursache dafür ist, dass jede Woche gefragt wird, wie sie denn korrekt geschrieben wird, da ihr jemand eine E-Mail schreiben möchte, ist immer noch nicht da, weswegen ich stark davon ausgehe, dass sie kurzfristig erkrankt ist und nicht mehr erscheinen wird. Die meisten unserer Klasse, unter anderem Helene, Marius und ich, sitzen mit ausgebreiteten Altgriechisch-Sachen an unseren Tischen, falls sie doch noch käme. Ein paar bewerfen sich aber auch mit dem Tafelschwamm oder werfen sich Kreidestücke hin und her, ein paar andere spielen Galgenmännchen an der Tafel. Nachdem sich ein paar unserer Schüler zwei Minuten später im Sekretariat erkundigen, informieren sie uns im Anschluss darüber, dass Frau Cryszowitsch nicht mehr kommen wird, wir jedoch trotzdem im Raum bleiben und uns still beschäftigen sollen, bis die Stunde vorbei ist, da schließlich dennoch die Schule die volle Verantwortung über uns hat und der Direktor dieses Instituts namens Dr. Stießer viele Schwierigkeiten und Anschuldigungen bekäme, falls uns in dieser Zeit irgendetwas zustoßen sollte.

Das Verhältnis zwischen mir und Helene ist immer noch genau dasselbe: Ich blicke während der Schulstunden immer zu ihr rüber, doch sie merkt es nicht. Zumindest reagiert sie in keiner Weise. Ich bin jedes Mal aufs Neue so verzaubert und fasziniert von ihr und glücklich, sie gefunden zu haben, auf die Schule zu gehen, in diese Klasse. Der Zustand „verliebt" zu sein ist etwas ganz Wundervolles, andererseits ist es eine Qual, die körperlichen Signale zurückzuhalten und nicht den Mut aufbringen zu können, ihr alles zu erzählen, ich möchte handeln und ihr näher kommen, sie nicht gehen lassen. Wer weiß, wie oft ich noch in einer solchen Situation sein werde, dass ich mit meiner Liebe befreundet bin oder vielmehr, dass ich so einem Mädchen begegne. Ich nutze die Chancen zu ihr nach vorn zu gucken, wenn ich eine Reihe weiter hinten sitze, blicke dann auf ihre schönen, langen kastanienbraunen Haare, und auf das Viertel ihres Gesichts, was man sieht, während sie nach vorne links zur Tafel guckt. Auf ihre Wimpern und ihre hellbraune Brille, die sie ab und zu trägt, meistens, wenn wir weiter hinten sitzen und sie das, was vorne an der Tafel steht, nicht gut lesen kann. Wir verstehen uns immer noch blendend, wir haben nicht einen Streit oder eine Ungereimtheit gehabt, dennoch bin ich unglücklich, dass mir der Mut fehlt. Schließlich belastet es mich sehr und es gibt aus gutem Grund das weise, lateinische Sprichwort

*Dixi et servari animam meam*
*Ich habe gesprochen und mein Geist ist gerettet worden.*

Egal, was für Konsequenzen es hätte, wenn es raus ist, tut es gut und darauf plädiere ich nämlich auch. Selbst, wenn sie nicht verliebt ist, habe ich es gewagt, gewinnen zu können. Ich würde mich mit Sicherheit besser fühlen, als wenn ich gar nichts machen würde, allerdings weiß ich dennoch, dass ich höchstwahrscheinlich enttäuscht werden  und wieder einen kräftigen Rückschlag erleiden würde, was meinem Selbstbewusstsein schaden würde.

Momentan weiß ich wirklich nicht, was ich tun soll... Plötzlich schreit unser Klassenclown Caspar, der Dicke mit den Hamsterbacken, – der Name passt ungemein gut zu ihm – auf und reißt mich aus meinen Gedanken.

   *„Hey, Leute, lasst uns mal Flaschendrehen oder so was spielen! Das ist wenigstens was Spannendes, wenn die jetzt sowieso nicht kommt..."* Über Lehrer spricht er immer abwertend, da sie ihn immer grausig

schlecht benoten. Er hat bereits nur gerade so die achte und die neunte Klasse durch Nachprüfungen bestanden, wie Marius mir erzählt hat. Es gäbe kein Zeugnis, auf dem er keine Fünf hätte. Manchmal kommt es so weit, dass er absichtlich Streit mit den Lehrern sucht, sich den Lehrern widersetzt und auf *„Gib mir jetzt dein Handy, es ist einkassiert"* dreist mit *„Nö"* antwortet, was seine Noten nicht gerade verbessert. In der Regel kommt aus seinem Mund auch nur Müll und Unsinn raus, aber Flaschendrehen ist ein lustiges Spiel, was ich schon in meiner noch heilvollen Kindheit des Öfteren gespielt habe.

*„Also, wer macht mit?"*, fragt Caspar und erhascht unsere Blicke, um sie zu deuten.

Helene und ich gucken uns kurz an, sind uns direkt einig und setzen uns zu den anderen in den Kreis. Marius kommt ebenfalls und setzt sich neben uns in den Schneidersitz. Als alle bereit sind, fängt Caspar an, eine grüngläserne Mineralwasser-Flasche, die er zuvor aus seiner Tasche gezogen hat mit einem kräftigen Ruck zu drehen. Sie dreht und dreht sich und ich bin verblüfft, wie spannend es immer wieder ist, die Flasche sich drehen zu sehen mit dem Hintergedanken, es könnte einen selbst treffen – Nervenkitzel-Sekunden. Meistens ist man jedoch nicht der Auserwählte: Die Wahrscheinlichkeit ist schließlich sehr gering bei einer so hohen Anzahl Teilnehmender.

Wenn nur sechs Leute mitmachen würden, wäre das Drehen zwar spannender, weil die Chance höher wäre, selbst dranzukommen, aber so schaut die ganze Klasse bei dem, was man machen muss, zu, was meiner Meinung nach deutlich spannender ist. Man könnte sich mehr blamieren als im kleinen, geschlossenen Kreise. Nach und nach wird die Flasche langsamer und der Drehzyklus lässt nach, bevor sie nach einer Weile zum Stillstand kommt, wie ein sich von einem Magnetfeld erholender Kompass: Der Flaschenkopf zeigt eindeutig auf Marius. Ich muss aus Schadenfreude grinsen, das darf ich, ich bin sein Freund.

Ein *Uhhh* ertönt aus der Menge, schließlich muss Marius, vorausgesetzt er nimmt *Pflicht*, alles machen, was jetzt gesagt wird, na ja, fast alles. Bei solchen Spielen gibt es immer einzuhaltende Grenzen, selbstverständlich, aber prinzipiell muss alles gemacht werden, was vom Kreis beschlossen wird. Bei Variante *Wahrheit* muss eine Frage ganz ehrlich beantwortet werden, meist eine intime, private Frage mit vermeintlich peinlicher Antwort. Bei nachgewiesener Unehrlichkeit würde einem ein eiskalter Eiswürfel hinten ins Hemd gesteckt werden, auch, wenn man so was eigentlich nicht prüfen kann.

*„Ich nehme natürlich Pflicht, wenn schon, denn schon"*, sagt Marius stolz, wobei er seine Hände auf

sich richtet, nach dem Motto: Schaut, wie cool ich bin. Überraschende, aber begeisterte Gesichter. Pflicht ist für die Außenstehenden immer deutlich amüsanter und aufregender. Schließlich muss man da etwas *tun*, und nicht nur etwas *sagen*. Gibt es nicht das Sprichwort, Taten zählen mehr als Worte?

Jetzt berät sich der Kreis, welch schreckliche Aufgabe Marius denn jetzt bewältigen dürfe. Ich höre überwiegend oft das Wort *küssen*, was mich verunsichert. Das habe ich natürlich gar nicht auf dem Schirm gehabt. Früher haben wir immer beschlossen, derjenige, der *Pflicht* nimmt, muss Erde essen oder eine Wand ablecken (auch wenn das hygienisch betrachtet, nicht empfehlenswert wäre), aber natürlich ticken in der zehnten Klasse alle ein wenig anders als in der zweiten Klasse. Ich höre, wie immer mehr was von *Mädchen küssen* tuscheln und da denke ich befürchtend natürlich direkt an Helene. Bitte nicht! Lieber sollte er irgendeinem Lehrer eine seltsame Frage stellen wie „*Wo geht's denn hier zum Eingang ins Hedwig-Gymnasium?*", was immer mein Favorit gewesen war, oder meinetwegen soll er mit seinem Fingernagel quer über die Tafel schaben, was mein persönlicher Albtraum wäre, nur nicht das! Aber letztlich bin ich machtlos, da die Mehrheit eindeutig der Überzeugung ist, Marius soll das Mädchen küssen, das er am meisten mag. Mein Blut erhitzt sich vor

Anspannung und aufbrausender Wut. Mein Herz beginnt, kleine Risse zu erleiden. Marius ist ziemlich beliebt und angesehen bei den Mädchen und viele der Mädchen finden Marius *süß*, was mit hoher Wahrscheinlichkeit auch der Grund dafür ist, warum so viele Mädchen fürs Küssen waren, in der Hoffnung sie würden geküsst werden. Aber natürlich weiß ich, wen er küssen wird, glaube ich, und wenn er das tatsächlich täte, würde mir das einen Schlag in den Magen versetzen. Nicht nur das, gleichzeitig würde mir ein Dolch ins Herz gerammt werden.

„*Marius*", spricht Caspar schließlich im Namen von allen – außer mir – „*du musst das Mädchen küssen, das du am meisten magst!*"

Ein allgemeines Schmunzeln und Kichern bricht aus, da alle genau wissen, zu der Aufgabe braucht man Überwindung, aber auch ein Raunen, Spekulationen, ob er die Herausforderung annehmen wird oder nicht; aber ich kenne Marius zu gut, als dass ich nicht wüsste, dass er in dieser Situation niemals einen Rückzieher machen würde. Ich allerdings hoffe nur die ganze Zeit: „*Bitte nimm nicht Helene, bitte, bitte, bitte...*", – vergebens.

Er steht zwar zögerlich auf, was mich erst einmal überrascht, geht dann aber doch recht zügig in Helenes Richtung. Es ist doch normal und vorhersehbar gewesen, dass er sich für Helene entscheidet, schließlich sind sie enge Freunde und sie ist eben das Mädchen, das er am meisten mag – auf freundschaftliche Weise, oder? Trotzdem kann ich gar nicht hinsehen. Als klar ist, Marius entscheidet sich für Helene, höre ich bei den anderen Mädchen ein trauriges Aufstöhnen. Gebannt steht Helene jedoch auf und lässt es über sich ergehen. Sie hat Marius ja schon einmal geküsst, wenn auch nur auf die Wange. Allerdings ist die Hemmschwelle bei den beiden bereits etwas angeschnitten worden. Die Münder kommen sich näher, und ich will jetzt doch unbedingt zusehen, auch wenn ich es möglicherweise im Nachhinein bereuen werde.

Und dann *passiert* es:

Ihre beiden Münder berühren sich erst zaghaft, aber lassen dann gar nicht mehr voneinander ab. Wäre ich jetzt gerne an Marius' Position... Schweiß überströmt meinen gesamten Körper. Mein Kopf erhitzt sich, die Hitze brennt sich in meinen Schädel ein, mein Herz pulsiert in hoher Frequenz bis es schließlich in lauter Einzelteile zerbricht. Diesmal ist es glasklar.

*Scheiße.*

Meine Haut glüht und mein Gehirn schmerzt höllisch bei der Verarbeitung dieser Szene. Ich möchte in eine tiefe Schlucht springen. Warum werde ich so gequält? Mindestens zehn Sekunden lang – so lang kommt mir der Kuss zumindest vor – knutschen sie auf sich ein und ich – wehmütig – schaue mir das Spektakel an, als wäre es ein Kinofilm. Das darf einfach nicht wahr sein. Das Zusammenspiel ihrer Lippen, das zarte Herantasten und die steigernde Intensität zeugten von solcher Leidenschaft. Das darf schlicht nicht wahr sein und ich wünsche mir, es wäre bloß ein Albtraum, aus dem ich gleich aufgeschreckt und schweißumströmt mit einem Schmerzensschrei hinausplatzen würde. Marius' Hände an... Helenes Hals zu sehen.... Ich hätte niemals gedacht, dass ein Kuss so schmerzhaft für einen Außenstehenden sein könnte. Sollte ich wütend auf Marius sein? Oder auf Helene? Aber woher sollten sie denn auch wissen, was sie mir damit antun? Sie sind enge Freunde, denke ich mir, aber der Kuss, war kein Kuss von engen Freunden oder bilde ich mir das nur ein und interpretiere es falsch? Aber jetzt passt auch alles zusammen: Die Anschmeichelungen bei mir Zuhause, die Küsse...

„*Ja, richtig so!*" schreit Caspar mitfiebernd, dabei hätte ich ihm am liebsten eine gepfeffert, während die anderen Mädchen frustriert aussehen, nahezu mitleidend wie ich, da *sie* so gerne von ihm geküsst worden wären. Gibt es eine andere plausible Erklärung dafür, dass sie so lange miteinander knutschten als, dass sie die Gelegenheit nutzten und ihre beidseitigen Liebesgefühle füreinander ausließen? Normalerweise würde man sich doch nur ganz kurz küssen, vielleicht

73

eine halbe Sekunde? Damit habe ich gerechnet. Ich muss mir die Tränen, die sich an meiner Tränendrüse aufstauen, verdrängen. Das, was ich da sah, verletzte mich tief im Innern und beeinflusste meinen restlichen Tag; aber nicht nur das. Anschließend wurde weiter gespielt – darauf hatte ich gar nicht geachtet, ich habe nur an die Kussszene gedacht; sie lief mir wie ein Film durch den Kopf ratternd – und die Flasche traf in meiner geistigen Abwesenheit auf mich.

*„Ahhh, Lukas!"*, ruft die Menge.
Ich komme wieder zu mir und bin ganz unwissend, wundere mich, warum mich auf einmal alle vorfreudig anschauen. Ich habe das ungute Gefühl, dass ich irgendetwas verpasst habe, als ich weggesunken bin.

*„Wahrheit oder Pflicht?"*, werde ich gefragt. Ich hoffe, sie sehen meine leicht wässrigen Augen nicht und ich blinzle, um die Tränen zu beseitigen.

*„Ich?"*, frage ich entsetzt.

*„Ja, die Flasche hat entschieden"*, sagt die Menge und deutet auf die Flasche.

*„Oh…. Okay"*, antworte ich bedröppelt, als mein Blick auf die Flasche wandert, deren Kopf genau auf mich zeigt.

*„Ehm…. Wahrheit"*, murmele ich unsicher. Mit Pflicht kann ich gerade überhaupt nichts anfangen, lieber beantworte ich irgendeine Frage. So unbeliebt ich mich vielleicht auch mache. Bei Wahrheit ist man

immer auf der sicheren Seite, da gab es nie schlimme Fragen, die mich in Verlegenheit versetzen konnten, früher zumindest nicht.

Ich sehe, wie sie ihre Köpfe zusammenstecken, kichern und die Köpfe schließlich wieder auseinandergehen. Einer von Caspars Freunden nimmt als symbolische Geste Luft, um auf sich aufmerksam zu machen, und fängt an:

„*Bist du im Augenblick verliebt...* ", mein Atem stockt, „*und wenn ja, in wen?*", ergänzen diesmal etwas mehr Stimmen zugleich.

„*Du musst wie immer ehrlich antworten*", fügen sie hinzu.

Danke. Auf die Erinnerung durfte natürlich nicht verzichtet werden.

Das hat mir gerade noch gefehlt. In Momenten wie diesen wünsche ich mir, ich könnte mich von einem zum anderen Ort teleportieren oder einfach in den Boden versinken, ja, ich wünsche mir, der Boden würde sich unter mir öffnen und ich würde eingesogen werden. Das können sie doch jetzt nicht von mir verlangen?

*Doch, können sie.*

Alle blicken auf mich und erwarten eine Antwort und ich blicke in ihre gespannten Augen. Ich traue mich nicht *ja* zu sagen, nein, nein, es geht einfach nicht und vor allem nicht vor der gesamten Klasse. Wenn ich allerdings *nein* antworten würde, wäre Helene klar, ich würde nichts von ihr wollen, aber das ist ja so was von falsch. Ich fühle mich wie eingequetscht, ich bin in einer Zwickmühle. In mir dreht sich alles wie verrückt. Angstschweiß tropft mir von der Nase auf die Hose. Vielleicht wäre die beste Lösung einfach wegzulaufen, dann würde ich mich zwar unglaublich lächerlich machen, aber ich müsste mich wenigstens nicht für eine der Antworten entscheiden. Doch letztendlich wollen sie relativ schnell eine Antwort und, da ich keine Zeit habe, allzu lange abzuwägen und nachzudenken, antworte ich – bedauerlicherweise – mit „*Nein*".

Zuhause bin ich zwiegespalten. Ich ärgere mich, aber was hätte ich sonst tun sollen?  Ich kauere mich unter meine Bettdecke zusammen und weine mich – das erste Mal seit mehreren Wochen – aus. Zwei Rückschläge auf einmal...

# Kapitel 4

*A*m nächsten Morgen wache ich auf, bevor der Wecker klingelt. Ich habe die Nacht wenig geschlafen und meine Augenbereiche sind rot geschwollen, immer noch leicht mit getrockneten Tränen versehen und dunkel gefärbter Flächen – Augenringe, natürlich hatte ich die Nacht Liebeskummer, die ganze Nacht musste ich an Helene – und Marius – denken, daran, wie Marius' Hände Helenes Hals gierig umschlangen, wie Helenes Augen während des Kusses funkelten, wie ihre Lippen elegant miteinander verschmolzen und die Gesichtsausdrücke beider, die insofern zu deuten sind, als, dass sie den Kuss beide genossen haben und habe meinen Kummer ausgeschwitzt. Die Nacht über haben Vorwürfe meine Seele besetzt: Es wäre doch klar, dass das mit Helene nichts werden würde, Marius sei cooler, wäre mit seinem Sixpack Frauen gegenüber sowieso viel anziehender, wäre doch klar, dass Helene ihn besser findet, das muss ich akzeptieren, und, und, und...

*Schwachsinn.*

Ich möchte Marius nicht hassen, aber der Schmerz sitzt noch in der Haut. Es war ein Spiel ja, aber war der Kuss auch nur ein Spiel?

*Nein.*

Als wie aus dem Nichts mein Deckenlicht angeht, zucke ich zusammen. Mein Blick trifft meinen besorgt schauenden Vater, der im Türrahmen steht.

„*Hallo, Lukas...*", sagt er sanftmütig und kommt vorsichtig an mein Bett.

„*Was ist los? Ist irgendwas Schlimmes passiert gestern?*", fragt er mit tiefer, sachter Stimme. Ich kenne meinen Vater so gar nicht. Er kann so zart sein, eine Seite, die ich selten zu Gesicht bekomme. Scheinbar hat er mitbekommen, dass ich in der Nacht geweint habe. Er setzt sich auf die Bettkante und ich richte mich halbwegs in meinem Bett auf.

„*Naja, ja*", sage ich schluchzend, aber bereits beruhigter, ich habe mich damit abgefunden.

„*Willst du es mir erzählen?*", fragt er und würdigt mich eines liebevollen Hundeblickes, woraufhin ich ein bisschen schmunzeln muss.

„*Es geht um ein Mädchen aus meiner Klasse*", sage ich entgegen der Erwartung und des Klischees nicht zögerlich, da ich in der Gegenwart meines Vaters relativ ungeniert bin, was viel heißen darf, während ich mich doch wieder ins Bett gleiten lasse. Ich sehe den funkelnden Blick in seinen Augen und das Grinsen, das sich über sein Gesicht breit macht.

*„Oh-ho. Mein Großer und Liebesprobleme"*, trällert er und zieht die Augenbrauen hoch. Kaum zu glauben, dass er mich damit zum Lachen bringt.

*„Man, Papa!"*, sage ich und boxe ihn gegen seinen Arm.

*„Na, klar, für Liebesprobleme bin ich immer offen. Du magst sie, hm?"*, fragt er wieder ernst.

*„Schon"*, nicke ich zustimmend.

*„Wie heißt sie denn?"*, will er wissen.

*„Du kennst sie bereits"*, brummele ich.

*„Ich kenne sie? Ich kenn doch, außer denen, die bei uns waren, gar niemanden aus deiner Klasse? Etwa, Helene?"*

*„Genau"*, rutscht es mir über die Zunge.

*„Gute Wahl, gute Wahl"*, sagt er und imitiert den ernsten Tonfall eines Geschäftsmannes.

*„Man, kannst du nicht einmal ernst bleiben?"*, erwidere ich lachend. So langsam komme ich hinter seine Methode. Er bringt mich zum Lachen und das heitert mich auf lange Sicht auf. Geschickt.

*„Nun gut, und was ist genau passiert, dass du solchen Liebeskummer hast, hm?"*, fragt er tröstend, senkt seinen Kopf zu mir herunter und bemuttert mich.

Ich schaue nicht ihn an, sondern schaue auf den Boden.

*„Sie und Marius mussten sich gestern beim Flaschendrehen küssen... naja ‚mussten' ",* ich schweige einen Moment, *„also, man dreht eine Flasche und derjenige, auf den die Flasche zeigt, muss entweder auf eine Frage ganz ehrlich antworten oder muss das tun, was ihm gesagt wird",* mein Vater nickt, *„der Kuss der beiden sah so echt aus... ",* schildere ich qualvoll. *„Außerdem",* fahre ich stockend fort, *„hat er sie angeschmachtet, als die beiden hier bei mir im Zimmer waren, später hat sie ihm auch noch einen Kuss auf die Wange gegeben",* erzähle ich.

*„Und du vermutest, dass Helene in Marius anstatt in dich verliebt ist?",* folgert er korrekt.

*„In mich ist sie bestimmt nicht verliebt... allerdings... quält es mich, dass sie möglicherweise in Marius – meinen besten Freund – verliebt ist... oder umgekehrt",* erkläre ich. *„Ich fühle mich von ihm hintergangen... Ich kann nicht mehr weiter machen, als wäre nichts gewesen. "*

Dem Blick meines Vaters entnehme ich, dass er mich versteht. So tollpatschig und ruppig er auch sein mag, er kann ebenfalls sehr empathisch sein, besonders mir gegenüber.

*„Wer weiß... ",* rät er mir schließlich nach kurzem Schweigen, *„manchmal sind die Dinge anders, als sie*

*scheinen... Karo hat auch gedacht, ich wäre nicht in sie verliebt, aber dann hat es sich als ganz anders herausgestellt.“* Die Geschichte haben meine Eltern mir des Öfteren erzählt. Allerdings in verschiedenen Versionen. Meine Mutter hätte an der TU Berlin den Eindruck gehabt, mein Vater würde sie ignorieren, gar nicht wahrnehmen, dabei sei er einfach nur zu ängstlich gewesen und soll genauso verliebt in *sie* gewesen sein.

*„Deine Mutter war ziemlich verliebt in mich damals und hat mich immer so sehnsüchtig angeschaut in den Pausen in der Cafeteria“,* prahlt er, während meine Mutter dann immer protestiert und ihm ins Wort fällt: *„Quatsch, jetzt erzähl' deinem Kind nicht schon wieder deine Märchen rum, du weißt genau, es war genau umgekehrt!“*

Das Ängstliche, Schüchterne im Jugendalter habe ich wahrscheinlich von meinem Vater. *„Das ist der einzige Rat, den ich dir geben kann; und jetzt wisch' dir mal die Tränen ab und nimm 'ne erfrischende Dusche, das hilft!“,* beruhigt er mich und gibt mir einen Klaps auf die Brust. Ich richte mich auf und setze mich auf die Bettkante, blicke durchs Fenster auf die schönen grünen Bäume, auf das sich gegen die Wolken durchsetzende Blau des Himmels, auf die Vögel und die Wiesen, während ich traurig in meinem trostlosen Zimmer verweile, weshalb ich beschließe, mich schnell fertig zu machen und auszubrechen. Die Sache darf mich einfach nicht allzu runter ziehen. Auch, wenn ich nicht davon ausgehe, ist es womöglich, wie mein Vater sagte, ganz anders. Das Gespräch mit meinem Vater hat mir Mut gemacht und mich halbwegs wieder aufgebaut, allein, dass er zugehört hat und ich mich aussprechen konnte, hat befreit. Als ich ins Bad gehe, wasche ich mir die Augen – mitsamt den Tränen – aus und starte neu, positiv denkend, in den Tag. Probiere mich zu erholen, vom Schmerz in meinem Herzen, und atme tief ein und aus, ersetze den Kummer mit Offenheit und fächele noch ein wenig frischen Wind hinein.

In der Schule verhalten sich Marius und Helene so normal wie immer, wie als wenn gestern gar nichts vorgefallen wäre. Ich habe mich von gestern nun fast endgültig erholt und wirke hoffentlich so normal wie sonst, außer, dass ich vielleicht ein wenig betrübt und nicht ganz so gesprächig bin. Stattdessen beobachte ich beide heimlich. Ich will wissen, ob sich mein Verdacht als richtig erweist. Jeder Blick, den ich auf Helene richte, ist aus dem Grund eine Qual, da ich befürchte, dass sie bereits unerreichbar für mich ist. Bevor ich mir darüber Gedanken mache, möchte ich allerdings Gewissheit haben. Sie sollten wirklich mit mir reden, schließlich sind wir Freunde und Freunden erzählt man immer alles. Besonders die Dinge, die unsere Freundschaft betreffen, und diese Tatsache würde unsere Freundschaft viel mehr betreffen, als sie sich vorstellen können. Die Schulklingel hat erst ein paar Augenblicke zuvor ertönt – es ist die Pause zwischen der dritten und vierten Stunde – und Helene und Marius sind ziemlich früh aus dem Biologie-Raum verschwunden, tatsächlich wirkte es fast so, als hätten sie sich absichtlich beeilt – das ist das erste seltsame Verhalten heute. Mir kommt die Situation suspekt vor, da wir so gut wie immer gemeinsam den Raum verlassen, was Grund dafür ist, dass ich sie aufsuche. Ich gehe den Gang des zweiten Stocks entlang, wo wir gerade Unterricht hatten, bis zum Treppenhaus, erfolglos, dann den ersten Stock, da Helene hier ihr Schließfach hat, und nachdem ich sie auch hier nicht entdecke, halte ich schließlich im Erdgeschoss Ausschau nach ihnen. Am hintersten Ende des Ganges sehe ich sie dann tatsächlich, neben einem Komplex mit einer großen Menge an Schließfächern. Sie bedienen sich an Marius' Schließfach, während sie sich unterhalten. Sind sie vor mir geflohen? Sie sind mit dem Rücken zu mir geneigt und es sieht wirklich so aus, als würden sie irgendwelche geheimen Dinge besprechen, die mich nichts angehen. Nachdem ich mich ein paar Schritte genähert habe und jetzt nur noch ein paar Meter von ihnen entfernt bin, höre ich

83

sie tatsächlich tuscheln. Nicht, dass sie ihre Köpfe zusammenstecken und flüstern, aber sie reden wirklich intensiv über irgendetwas, und es ist nichts, was man so frei aus dem Bauch heraus trällert. Was besprechen die denn da, ohne mich? Stimmt es also? Leider – weil ich das aufdecken will, aber zum Glück, da ich natürlich nicht will, dass sie eine liebende Bindung eingegangen sind – sehe ich sie nicht küssen; hätte ja sein können, dass sie heimlich ihre Liebe ausüben. Fernab von mir. Nach ein paar sekündigem Beobachten und weiterem Nähern, schaut Marius, als er sich zufällig auf den Gang dreht und mich im Augenwinkel sieht, plötzlich zu mir, tippt hastig auf Helene, um sie auf mich aufmerksam zu machen und hören dann ganz abrupt auf, sich zu unterhalten und begrüßen mich, als wenn gar nichts wäre. Warum hören sie mit ihrer Unterhaltung auf, wenn ich da bin? *Was ist hier los?!*

„Hallo... was .... *macht ihr hier? Was soll diese Geheimniskrämerei? Warum hört ihr mit dem Sprechen auf, wenn ich komme?",* frage ich und werfe ihnen einen skeptischen Blick zu.

„*Was denn für eine Geheimniskrämerei... ? Wir wollten.... na ja, wir unterhalten uns nur über Bio und aufgehört zu sprechen haben wir eben, weil du gekommen bist und dich begrüßen wollten. Wäre doch ignorant, wenn wir einfach weiter plaudern und dich ignorieren würden, oder?",* erklärt Marius, während ich meine Stirn runzle und meine Brauen zusammenziehe.

Mir kommt die Sache mehr als seltsam vor und glauben tue ich ihm schon gar nicht, das klang eher nach einer mehr oder weniger guten Ausrede. Ich möchte sie auch nicht blindlings danach fragen, das traue ich mich nicht, weil ich mir eben nicht hundertprozentig sicher bin, ob es so ist. Der Kuss, die Geheimniskrämerei, irgendwie muss das alles zusammenhängen. Später in der nächsten Unterrichtsstunde kann ich mich ausschließlich auf Helene und die Sache mit Marius eben konzentrieren. Es ärgert mich, dass mir Zweifel kommen, dass Marius mir nicht die Wahrheit gesagt hat, er mir vorhin dreist ins Gesicht gelogen hat. Dass mein, wie ich dachte, bester Freund unehrlich ist. Warum waren sie so schnell bei Marius am Schließfach? Und vor allem ohne mich? Warum beide an seinem Schließfach? Vielleicht mussten sie nach dem gestrigen Kuss ihre Liebe zueinander gestehen und sind mittlerweile ein Paar und wollen sich ein wenig mehr von mir abschotten und ihr eigenes Ding machen? Es kann so gut möglich sein, verdammt.

Marius, Helene und ich sind doch zu so guten Freunden herangewachsen, doch, wenn sie jetzt tatsächlich ein Paar wären, ihre Liebesaktivitäten vor meinen Augen ausführen würden – eigentlich ist allein der Gedanke eine Qual – dann würde ich mich nicht mehr in der Lage fühlen, mit meiner Freundschaft zu dienen. Und das Schlimme ist, dass sie gar nicht wissen, was sie mir damit antun würden. Ich würde es einfach nicht aushalten, Helene, das schönste Geschöpf auf Erden, in das ich mich heillos verliebt habe, und Marius als Liebespärchen zusammen zu sehen. Und das würde alles kaputt machen. Die bisher wundervolle Schulsituation, die schöne Gegend, meine Freunde. Meine momentane Glückseligkeit. Nie und nirgendwo war ich bisher so glücklich wie hier. Eigentlich sollten die beiden mir klar und deutlich sagen, was Sache ist, mich nicht anlügen, sondern mir erklären, warum sie gerade so schnell aus dem Raum geschlichen sind, das ist doch bei Freunden so üblich? Und wenn *sie* das nicht tun, muss *ich* das eben regeln: Marius zur Rede stellen. Die Frage ist, wie ich das anstellen soll. Helene und Marius sind so gut wie immer zusammen. Ich könnte Helene selbstverständlich sagen, dass sie uns für einen kurzen Moment alleine lassen sollte, ein Männergespräch führen. Dagegen spricht, dass Helene das ungeheuer neugierig machen würde und sie Marius dauernd fragen würde, was wir denn Geheimes besprochen haben, niemals Ruhe geben würde, selbst wenn ich Marius um Verschwiegenheit bitten würde. Helene würde Marius ausquetschen wie eine Zitrone. Helene ist eine der neugierigsten Personen, die ich kenne. Außerdem könnte sie lauschen, nein, das sind wirklich geheime Dinge, die man fernab von ihr besprechen muss. Marius und Helene sind natürlich nicht rund um die Uhr zusammen, manchmal gehen sie beispielsweise getrennte Wege zu ihren Schließfächern, meines im zweiten Stock, ihres im ersten, seines im Erdgeschoss. Im Erdgeschoss könnte ich Marius auflauern und ihn dort ansprechen.

Nach der fünften Stunde gehen wir zwar gemeinsam aus dem Raum, aber kurz bevor der nächste Unterricht beginnt, trennen wir uns und jeder holt sich aus seinem Schließfach noch seine Materialien für die nächste Unterrichtsstunde. Als ich sehe, wie Marius dann tatsächlich gerade alleine an seinem Schließfach steht, nutze ich den günstigen Augenblick und spreche ihn an. In weniger als einer Minute werde ich wissen, ob ich recht habe oder nicht.

„*Hallo Marius.*"

„*Hi, Luki*", so nennen mich Helene und Marius manchmal, ist mein Spitzname, „*dein Schließfach ist doch oben?*", wundert er sich beschäftigt beim Ausladen seines Schließfachs.

„*Ja, aber ich bin hier, um mit dir zu reden*", erkläre ich ihm.

„*Und... worüber?*" Er zieht seine Augenbrauen hoch und schaut über seine Schließfachtür zu mir herüber.

„*Jetzt tu doch nicht so scheinheilig!*", platzt es impulsiv aus mir heraus. Ich merke, dass ich auf einmal ganz laut wurde und, dass das überhaupt nicht meine Art ist, Marius diese Seite von mir auch nicht kennt. Ich habe mich fast vor mir selbst erschreckt. Aber meine ganze aufgestaute Wut konnte endlich entweichen und mich gleichzeitig entlasten. Die Wut, dass Marius und Helene sich bereits zwei Mal geküsst haben, vor meinen Augen. Die Wut, dass Marius mir Helene wegschnappen könnte. Die Wut, dass Marius womöglich besser ist als ich. Die Wut, dass sie vielleicht bereits ihre Liebe zueinander gestanden haben und sich bereits heimlich und ungestört küssen, seine Lippen frei die ihren ummanteln, versetzt mich in diese Spannungen.

„*Was meinst du?!*" Er schaut mich fassungslos an, als würde er die Welt nicht begreifen. „*Vorhin habt ihr euch sicherlich auch schon darüber unterhalten, vor deinem Schließfach! Warum solltet ihr sonst so schnell abgehauen sein und so abrupt aufgehört haben zu reden?!*", wage ich zu sagen.

Er schweigt einen Moment und sieht mich verwundert an.

„*Vorhin?*", er verdreht seine Augen als symbolische Geste der Rekapitulation, „*da haben wir uns zwar* schon über was anderes unterhalten als über Bio, aber...", gibt er schließlich zu, *„aber woher solltest du davon wissen?"*, fragt er.

*„Woher ich davon wissen sollte? Du bist lustig! Der Kuss, die Anmache bei mir Zuhause, jetzt das Tuscheln. Auffälliger geht's ja wohl nicht! Jetzt gib es doch zu und sprich es aus, ich habe euch durchschaut!"*, brülle ich und schlage gegen eines der Schließfächer.

*„Der Kuss, die Anmache? Was meinst du?! Ich glaube wirklich wir sprechen gerade komplett aneinander vorbei"*, erklärt er von meinem lauten Ton eingeschüchtert. Es ist das erste Mal, dass wir uns streiten, uns jedenfalls anschreien. Sonst verstehen wir uns immer hervorragend und irgendwie tut er mir leid. Er sieht wirklich so aus, als würde er nicht wissen, was ich meine.

*„Worüber sprichst du denn?"*, frage ich, *„gehen wir die Sache doch mal so an"*, sage ich höhnisch.

*„Das... darf ich dir eigentlich nicht sagen..."*, sagt er, verdreht dabei seine Augen und zieht eine unsichere Grimasse.

*„Also habe ich doch recht?"*, rufe ich ihm in einem vorwurfsvollen Ton zu.

*„Ich weiß ja gar nicht, was du meinst? Der Kuss, die Anmache?"* Er blickt stutzig drein und setzt sein

nachdenkliches Gesicht auf, welches er auch immer aufsetzt, wenn er zeichnet.

*„Also ich habe mich mit Helene gerade nicht über einen Kuss oder über eine Anmache unterhalten"*, sagt er schließlich sachlich. Entweder er tut so, als hätte er einen IQ von 60, um aus der Nummer rauszukommen, oder er hat wirklich überhaupt keine Ahnung, wovon ich rede.

*„Natürlich nicht, aber vielleicht darüber, wie ihr es mir sagen werdet?!"*, rufe ich wieder lauter. Marius dreht sich seitlich zu mir und blickt auf die Schließfächerwand. Ihn nervt unsere Unterhaltung scheinbar.

*„**Was** denn sagen?"*, blafft er. Die Diskussion dreht sich im Kreis, also muss ich sie weiterbringen.

*„Dass ihr euch verliebt habt!?"*, rufe ich. Die anderen Schüler schauen uns teils merkwürdig an, aber das ist mir in der Situation ganz egal, ich will einfach Klarheit haben.

*„Moment, was?"*, er schaut mich schockiert an. Jetzt er hat er verstanden, worauf ich hinauswollte. *„Meinst du etwa Helene? Dieselbe Helene, die ich kenne? Das is'n Witz, oder?"*, fragt er erleichtert und grinst.

*„Nein, kein Witz"*, antworte ich. *„Stimmt es denn nicht?"* Ein Witz? Habe ich mich getäuscht?

„*Du bist lustig, und ich dachte schon es würde um deinen Geburtst –, ups...* ", er verzieht das Gesicht so, wie, wenn er beim Schach einen falschen Zug gesetzt hat und sich im Nachhinein ärgert.

„*Geburtstag? Mein Geburtstag?*" Ich habe am ersten Weihnachtstag Geburtstag, aber was hat das jetzt damit zu tun?

„*Na gut, ich glaube, jetzt bringt es nichts mehr, es dir zu verheimlichen...*", er schließt sein Schließfach und wir gehen gemeinsam die Treppen in den ersten Stock hinauf, „*ach, man, das wäre alles so gut gelaufen.... wir haben vorhin so getuschelt, weil wir für dich einen besonderen Geburtstag organisieren wollten, bei dir zu Hause, was umgestalten und so. Wir haben schon mit deinem Vater telefoniert, es sollte eine Überraschung sein. Naja, jetzt nicht mehr. Du hattest uns übrigens nie gesagt, wann du Geburtstag hast, ich hab's nur zufälligerweise in der Klassenliste gesehen. Muss schon toll sein, beides im einen, dann hat man etwas, worauf man sich richtig freuen kann. Wäre allerdings blöd, wenn man krank werden würde oder ähnliches, dann würden Weihnachten und der Geburtstag darunter leiden*", er zieht ein Lächeln auf sein Gesicht und auch ich probiere mich an einem zwanghaften Lächeln. Ich kann die Situation nicht richtig fassen und bin noch zu sehr durch den Wind.

Es stimmt, dass ich ihnen mein Geburtsdatum nicht genannt habe, außer, dass ich bald sechzehn werde, da ich sonst immer gewohnt bin, Zuhause mit meinen Eltern, ohne eingeladene Freunde, zu feiern.

Ich gucke ihn stutzig und ungläubig an. Wie konnte ich mich so irren? Er wollte mir nur Gutes und ich habe ihn gerade so angeschrien?

Ich habe ein unglaublich schlechtes Gewissen.

*Schäm' dich!*

Außer meinen Eltern wollte mir noch nie jemand eine solche Freude bereiten und mir heimlich einen Überraschungsgeburtstag organisieren. Es wollte überhaupt nie jemand auf eine meiner letzten Geburtstagsfeiern kommen, nachdem ich irgendwann ganz aufgehört habe, andere einzuladen und nur mit meinen Eltern gefeiert habe, aber jetzt... *kommt es sogar so weit...?* Der Gedanke befördert mich auf eine Wolke und lässt mich in eine neue Dimension schauen.

„*Oh, das... tut mir dann jetzt leid*", sage ich mich schämend.

„*Kein Thema....*", winkt Marius ab, was mich beruhigt. Nicht, dass Marius noch sauer auf mich wäre wegen eines dummen Missverständnisses.

„*Also... wirklich danke, dass ihr das für mich tun wolltet, aber nochmal zurück... was war denn dann mit dem Kuss?*", frage ich. Für mich ist noch nicht alles

geklärt, aber etwas erleichterter bin ich schon mal,
dass er so schockiert reagiert hat.

„*Du meinst beim Flaschendrehen? Was war mit
dem? Das habe ich garantiert nicht freiwillig gemacht,
das kannst du mir glauben, aber, wenn man küssen
soll, du kennst mich ja, dann führe ich das auch richtig
aus. Man muss der Menge ja auch ein bisschen Show
bieten und Helene und ich sind gute Freunde, bei ihr
hatte ich am wenigsten Hemmungen. Wie gesagt –
nur Show, keine Sorge…*", erklärt er mir leicht
schmunzelnd.

Einen Moment lang dachte ich, er hätte mich
durchschaut.   „*Aber viel lieber würde ich aber mal von
dir wissen*", sagt er mit gesenkter Stimme, „*warum du
so sauer bist? Du so emotional fertig bist? Bist du etwa
eifersüchtig gewesen?*"

Ich merke, dass ich mein Geheimnis nicht länger vor
ihm verbergen kann und mache mir Gedanken, ob ich
ihm nicht vielleicht sagen sollte, was in mir vorgeht.

„*Also ist da gar nichts zwischen euch?*", frage ich ihn
und weiche von seiner Frage ab.

„*Gar nichts.*"

„*Und bei Helene bist du dir auch sicher?*", frage ich zur
Sicherheit nach.

„*Klar, wir sind nur Freunde und das waren wir immer
schon. Aber warum ist dir das so wichtig?*", fragt er
erneut.

„Naja… also, ich weiß nicht, ob… kannst du was für dich behalten?"

„Klaro", antwortet er und schaut und grinst schelmisch, als würde er schon wissen, worauf ich hinauswill. Sein finsteres Grinsen verunsichert mich.

„Ich… habe… ich bin…", stammele ich vor mich hin. Es sind nur fünf Wörter, mein Gott… Deute ich Marius' Gesichtsausdruck richtig?

Amüsiert sich Marius?

„Ist nur so 'ne Vermutung, aber könnte es vielleicht sein, dass du ein klitzekleines bisschen in sie verschossen bist?", zieht er mich auf. Doch etwas schockiert schaue ich ihn an.

„Ja", antworte ich zögernd. Eigentlich befremdlich, dass ich so viel Mut brauche, auf solch eine Frage mit ja zu antworten; er ist doch mein bester Freund? Verliebt sein ist ja wohl auch keine Schande, aber an die Situation, dass ich einen besten Freund habe, muss ich mich erst einmal gewöhnen und außerdem bin ich von Natur aus sehr schüchtern und mit Liebe habe ich noch keine Erfahrungen gesammelt, wodurch ich in dem Bereich noch ein wenig verunsichert bin, vor allem mich mit jemandem darüber zu unterhalten. Aber es tut gut, es endlich rauszuhaben, ich wurde endlich von einer Last befreit.

„Das könnte durchaus so sein", füge ich ehrlicherweise hinzu und imitiere Marius' Tonfall.

„*Habe ich mir schon fast gedacht, so wie du sie immer anschaust*", sagt er grinsend.

„*Du merkst das?*", frage ich entsetzt.

Ich bin bestürzt. Fassungslos. Marius bekommt das mit?

„*Neee, ist ja auch **ganz** unauffällig, wie du sie ständig anstarrst. Es fehlen eigentlich nur noch die Herzen in deinen Augen*", sagt er scherzhaft, währenddessen er mit seinen Fingern ein Herz formt und es sich vors Auge hält. Wir gehen am Herren-WC vorbei und sind gleich am Physik-Raum angelangt, in dem wir sogleich Unterricht haben werden.

Oh, Gott. Mir ist das fast ein wenig peinlich. Ich bin mir nicht im Klaren, dass meine Blicke so auffällig sind. Aber, wenn ich mir überlege, wie oft sich meine Blicke von einer Reihe weiter hinten durch Helene eine Reihe vor mir bohren, während Marius neben mir sitzt, kann ich mir gut vorstellen, wodurch er bereits diese Vorahnung hatte. Andererseits schaue ich sie natürlich nicht nur dann an, wenn ich eine Reihe hinter ihr sitze, aber probiere immer möglichst unauffällig zu schauen, sehe sie zum Beispiel immer nur höchstens eine Sekunde lang am Stück an.

„*Und... weißt du was von Helene? Bekommt sie meine... Blicke... auch manchmal mit?*", frage ich ihn.

„*Das weiß ich nicht, aber ob du es mir glaubst oder nicht, sie hat mich schon einmal über dich ausgefragt, wie ich dich finde und so, und dich schaut sie auch oft an, allerdings nicht so auffällig, eigentlich immer nur, wenn sie hinter dir ist und du es selbst nicht merkst",* sagt er. *„Das wundert mich immer wieder. Normalerweise starrt sie Typen nie hinterher. Naja... außer damals Henrik".*

*„Ne, oder? Wirklich?"* Ich bin plötzlich wieder voller Inbrunst und verfalle in einen unbeschreiblichen Begeisterungstaumel, diese Nachricht versüßt mir den Tag. In mir blüht wieder alles, Glückshormone platzen aus allen Poren.

*„Ja, haha".*

*„Meinst du damit, dass – sie mich... womöglich auch lieben könnte?",* frage ich ihn zögerlich. Diese Frage zu formulieren, kostete mir aus irgendeinem Grund große Mühe und der Nachhall wirkt mehr als eigenartig. *Kann ich mir wirklich so wenig vorstellen, dass es so ist?*

*„Darauf wollte ich hinaus, ja. Es ist möglich, gut möglich",* antwortet er und verzieht keine Miene, während ich strahle wie eine Sonnenblume, die nach drei Monaten schlechtem Wetter wieder Sonnenstrahlen abbekommt.

*„Aber das ist nicht verbindlich, ok?",* fügt er scherzhaft hinzu, bevor er von mir erdrückt wird.

Zuerst war ich Marius misstrauisch gegenüber, ließ meinen Zorn an ihm raus, indem ich ihm gegenüber laut wurde, wofür ich mich im Nachhinein sehr schäme, und vom einen auf den anderen Moment veränderte sich *alles.* Eine zertrümmerte Welt wurde innerhalb weniger Momente wieder aufgebaut und sieht jetzt noch schöner aus als davor. Schließlich reichte die Vorstellungskraft, dass ein solches Mädchen sich für mich interessieren könnte, noch nicht aus, außerdem weiß ich nun, dass es trotz meiner Vergangenheit so etwas wie Freunde geben kann, die eine Geburtstagsparty für mich in die Wege leiten. Ich kann nicht glauben, was Marius mir da erzählt.

*Ich kann es einfach nicht fassen.*

Aber es ist möglich, es ist nicht abstrus. Bisher kleine Fünkchen von Hoffnung entflammen in meinem Körper zu gewaltigen Feuern. Ich stelle mir in Gedanken die Frage: Liebt sie mich? Helene? Ich? Das wäre das Schönste, was mir je widerfahren ist. Bin ich doch nicht unglücklich verliebt? Mein Weltbild verändert – erweitert – sich. *„Und was für ein Henrik?",* frage ich, weil mich natürlich schon interessiert, was für Freunde Helene schon hatte. Dass sie bereits Liebesbeziehungen hatte, war mir ja sowieso klar.

*„Üble Geschichte",* erzählt er und verzieht sein Gesicht. *„Vor ein paar Monaten hat man die immer wieder im Schulgebäude küssen sehen, aber Helene hat sich von ihm abgewandt und das akzeptiert Henrik soweit*

*ich weiß nicht und ist völlig fertig".* Ich nicke ihm als Bestätigung zu, als mir etwas Wichtiges einfällt:

*„Ach so, was ich auch noch los werden wollte... kannst du das für dich behalten? Wenn überhaupt, möchte ich ihr das nämlich nahe bringen",* bitte ich.

*„Einverstanden. Ich möchte euch da nicht dazwischenfunken",* versichert er mir.

*„Und dich stört es nicht, dass wir... also..."*

*„Ach, Quatsch, wenn wir trotzdem Freunde bleiben... Wir drei",* fällt er mir ins Wort und lächelt.

*„Natürlich",* sage ich zurücklächelnd.

*„Haben du und Helene heute Lust ein Eis nach der Schule zu essen?",* frage ich, *„ich spendier' euch eins",* füge ich hinzu. Wir sind unmittelbar vor dem Physik-Raum, wo wir bereits Helene erspähen.

*„Na klar",* antwortet Marius freudig. *„Also **ich** auf jeden Fall",* grinst er und tippt auf sich, *„aber dein heißes Mädel hier sicher auch. Die kriegt doch Entzugserscheinungen, wenn sie nicht jeden zweiten Tag ein Eis zu sich nimmt",* neckt er mich und nickt in ihre Richtung.

*„Weißt du was? Ich glaube, ich sollte Beziehungsberater werden",* sagt er, *„und wenn ich dann jedes Mal ein Eis spendiert bekomme, kann ich mit leben",* fährt er fort, worauf wir beide schmunzeln. Wir sind wieder zu den Freunden geworden, die wir vor ein paar Tagen waren.

„*Was habt'n ihr zu lachen? Ich möchte auch mitlachen...*", quengelt Helene, die gerade herbeikommt.

„*Ach... nur Männerkram. Verstehen Frauen sowieso nicht. Übrigens: Lukas spendiert uns großzügigerweise nach der Schule ein Eis*", antwortet Marius und wir schmunzeln, während Helene von ihren scharfen Blicken wegkommt und ebenfalls ein Lächeln aufsetzt. *Männer* murmelt sie schmunzelnd und kopfschüttelnd, verdreht die Augen und geht zu einer ihrer Freundinnen.

Marius stupst mich an. „*Wenn du möchtest, kann ich dir bei Helene aber wirklich ein wenig helfen und dir zur Seite stehen*", flüstert er mir zu. „*Ich bin Profi in solchen Dingen*", zwinkert er angeberisch und setzt ein schiefes Lächeln auf.

# Kapitel 5

*D*ienstag, 12:28:

Wir befinden uns in der Turnhalle beim Sportunterricht und sind gerade dabei, unsere Tanzchoreographie, die wir am Abend des 19. Dezembers aufführen wollen, weiter auszuführen und einzustudieren. Wir müssen uns ein wenig sputen, denn allzu lange Zeit haben wir nicht mehr, zwei Wochen um genau zu sein, sie ist noch nicht komplett fertig und sitzen tut sie bei den meisten auch noch nicht, was wahrscheinlich daran liegt, dass meine Mitschüler nicht wirklich viel Lust haben, in ihrer Freizeit diesen Tanz zu üben.

Seitdem mir Marius seine Beobachtungen preisgegeben hat, ist es ein völlig anderes Gefühl in Helenes Nähe zu sein, sie anzusehen oder mit ihr zu sprechen, aber vor allem sie zu berühren und mit ihr zu tanzen. Es befinden sich viel mehr Schmetterlinge in meinem Bauch als zuvor, da ich jede Sekunde denke, Helene könnte mich lieben und ich jeden Blick scharfsinnig zur Kenntnis nehme und positiv deute. Heute während des Geographieunterrichts habe ich so getan, als würde ich aus dem Fenster schauen, als ich gemerkt habe, dass Helene mich ansieht – und das mindestens drei Sekunden lang – woraufhin ich kurze Zeit später zu ihr geschaut habe und wir uns weiterhin fast eine Sekunde lang angesehen haben, bis sie sich schließlich weggedreht hat, dabei ist mir fast das Herz stehen geblieben. Was hatte dieser Blick wohl zu bedeuten? Was fest steht, ist, dass er mir große Hoffnungen bereitet hat.

Der aufzuführende Tanz ist eine Mischung aus klassischem Tanz und Hip-Hop-Tanz. Teilweise halten wir uns an den Händen, unter anderem tun das Helene und ich nicht selten, und immer wenn wir dies tun, gehe ich innerlich auf, da sie eine solche Zärtlichkeit besitzt. Andererseits tanzen wir in unserem Tanz nicht wie bei der klassischen Ball-Variante Auge an Auge partnerweise im gleichen Muster, wie bei einem Walzer, sondern bewegen uns schwungvoll hin und her und wechseln die Partner.

Ich empfinde mittlerweile noch mehr Liebe zu ihr als überhaupt schon. Damals wollte ich mir immerhin die Liebe noch aus dem Kopf schlagen, aber jetzt nicht mehr. Die Chance besteht, dass Helene auch diese Anziehung zu mir verspürt – natürlich ohne Garantie, wie Marius mir beilegte, aber die Chance genieße ich.

Und Marius hat ja zum Glück auch nichts dagegen, falls wir einander finden würden, somit würde unsere Dreierfreundschaft auch nicht darunter leiden. Ich hoffe so sehr, dass ich nicht mehr diese Betonmauer vor mir haben muss und Helene tatsächlich mehr als freundschaftliche Gefühle für mich besitzt als angenommen, dennoch: nur, weil Marius mir erzählt hat, dass sie mich ebenfalls oft anschaut, ist das noch lange kein eindeutiger Liebesbeweis. Es ist bestenfalls ein Indiz, aber vielleicht interessiert sie sich auch einfach nur für ein T-Shirt, was ich manchmal anhabe.

*„Ja, gut so, Lukas und Helene... Caspar, du darfst nicht immer so steif stehen!"*, schreit Herr Christoph durch unsere ziemlich geräumige Turnhalle. Es läuft eine Popmusik, irgendeine aus den neuesten Charts, die mir auch ganz gut gefällt. Es hat zwar seine Zeit gebraucht, aber mittlerweile kann ich die Choreographie für unseren Tanz ganz ordentlich, obwohl ich ja eigentlich nicht sehr begabt bin, was das Tanzen betrifft. Das ist auch der Grund dafür, warum ich mir nicht sicher bin, ob ich Helene fragen sollte, ob sie mit mir auf dem Ball tanzen möchte. Es ist eine so simple Frage, jedoch kostet sie aufzubringenden Mut, da es unter anderem üblich ist, dass zwei sich liebende miteinander tanzen. Ich würde mich komplett lächerlich machen – ich weiß, wie gut *sie* tanzen kann und ich als Tanzpartner trete ihr ständig auf die Füße?

Nein, danke. Mein Körper setzt mich jedoch ständig unter Druck durch sein Verlangen. Außerdem möchte ich ihr so langsam unbedingt näher kommen, und das wäre eine Chance, die fast wie gerufen kommt. Das einzige Problem sind meine nicht vorhandenen Tanzkünste und vielleicht, dass ich nichts Passendes zum Anziehen habe. Ich überlege, sie zwar zum Ball einzuladen, mir dann aber direkt Tanzunterricht geben zu lassen. Ich gehe stark davon aus, meine Eltern überzeugen zu können, mir Unterricht zu bezahlen, vermutlich reicht ein *„es geht um Helene"* und ein Augenzwinkern, was sie direkt verstehen und dazu bewegen würde. Noch leichter allerdings wäre es, wenn jemand aus meinem Umfeld mir das Tanzen beibringen könnte, wofür eigentlich nur meine Eltern in Frage kämen. Allerdings weiß ich um ehrlich zu sein gar nicht, ob eines meiner Elternteile überhaupt tanzen kann, am ehesten meine Mutter, jedoch habe ich sie noch nie tanzen sehen. Jedenfalls glaube ich immer mehr, ich sollte sie einladen, das Tanzen üben bekomme ich irgendwie im Nachhinein erledigt. Helene strahlt jedes Mal, wenn sie tanzt und lässt ihre Energie raus, die sich ansammelt, wenn man mehrere Stunden lang auf einem Stuhl sitzt und einrastet. Sie tanzt professionell und mit einer solchen Leidenschaft, dass man sie ihr richtig ansehen kann. Besonders süß sieht an ihr aus, wenn ihre Zöpfe, die sie extra fürs

Tanzen flechtet, damit sie sie nicht behindern, hin- und herschwingen.

*„Naaa, aber so langsam haben wir's wirklich drauf, oder?"*, fragt Helene. Die freitägliche Doppelstunde Sport ist soeben abgeklingelt worden und wir steuern nebeneinander den Ausgang der Halle an. Marius ist absichtlich vorgelaufen, damit wir „ungestört" sind, wie er es formuliert hat.

*„Eh, ja, schon.... Also eigentlich wollte ich dich mal was...."*

Genau dann, als ich ansetzen wollte, sie bezüglich des Balls zu fragen, unterbricht mich Herr Christoph von hinten, dessen Rufe zu uns hallen.

*„Helene! Lukas! Hey..."*, er kommt angetrabt und hält vor uns, *„ich wollte euch nur noch mal sagen, dass ihr wirklich Fortschritte macht, vor allem du, Helene, du tanzt wirklich gut, Respekt. Aber auch du, Lukas, hast Fortschritte gemacht, daher wollte ich euch fragen – natürlich ist das freiwillig —ob ihr ein zusätzliches Solo aufführen wollt?"*

Wir schauen uns an, schauen beide wieder zu ihm und nicken im Einklang.

*„Ja, gerne, wenn es nicht zu lang und zu schwierig ist?*
*"*, fragt Helene. Ehrlich gesagt bin ich über eine Soloeinlage gar nicht *so* erfreut und habe nur genickt,

weil Helene so begeistert ausgesehen hat, denn Solo bedeutet mehr Tanzschritte lernen. Naja, gut, andererseits natürlich auch mit Helene zu tanzen, während alle auf uns schauen werden, und diese Vorstellung ist auch nicht übel.

„*Keine Sorge, es ist nur eine kleine Einlage, das schafft ihr bis zum 19.*", antwortet er. „*Gut, also, Näheres besprechen wir dann nächstes Mal, ne? Tschau!*"

„*Jetzt auch noch eine Solo-Einlage... Für ein paar Sekunden werden alle nur auf uns schauen, aber leider noch ein Grund mehr, aufgeregt zu sein vor der Aufführung*", erzählt Helene, während ich in mir selbst beschäftigt bin.

„*Ja, das stimmt*", murmele ich, während ich überlege, ob ich erneut ansetzen sollte, allerdings sind wir gleich an der Weggabelung von Mädchen- und Jungenumkleide angelangt, wodurch ich präferieren würde, dies auf nachher zu verschieben, als es jetzt noch krampfhaft auf die Schnelle zu versuchen. Es braucht eben etwas Zeit, bis ich mir erneut einen Ruck geben kann. Aber ein wenig Zeit hat es ja hoffentlich noch, es sei denn ein heimlicher Verehrer – von denen sie sicherlich viele hat – fragt sie vor mir, indem er sich in die Mädchenumkleidekabine schleicht, dann aber anstatt einer Zusage sicherlich eher eine geknallt bekommen würde. Bei der Vorstellung muss ich schmunzeln. Während ich aus meinen Sportklamotten rausschlüpfe und mir wieder meine normalen Sachen überziehe, gehe ich mir im Kopf durch, wie ich sie fragen werde.

Umgezogen treffen wir uns zum Glück direkt vor dem Sportabteil unserer Schule wieder, wo ich Helene gerade noch rechtzeitig erreiche.

*Helene!*", rufe ich und halte sie an, während sie schon fast auf den Treppen steht und nach oben gehen wollte. Normalerweise bin ich viel früher umgezogen als sie, was darauf schließt, dass ich aufgrund der Nervosität und meiner Überlegungen deutlich länger mit dem Umziehen gebraucht habe als sonst. Sie trägt wieder ihre normale Kleidung, die sie meistens während der Schulzeit trägt: Eine weiße Bluse und eine hochgezogene schwarze, lange Hose, was ihr wirklich gut steht. Es ist so schlicht, aber das Outfit macht mich trotzdem an. Gerade, weil es so schlicht ist. Gerade, weil sie sich nicht so auftakelt. Aber vermutlich ist es auch egal, was sie anzieht, es ist ihre Aura, die mich so verzaubert. Auch bin ich von ihren Frisuren angetan, besonders von ihren Flechtfrisuren, der der geflochtenen Zöpfe, die in einem Dutt enden, am meisten, die sie kindlich und damit extra süß erscheinen lassen, und durch welche es mir immer wieder aufs Neue schwer fällt, mich dreißig Sekunden lang infolge auf den Unterricht zu konzentrieren. Besonders an vermeintlich letzten sonnigen Tagen in diesem Jahr, wenn es über zwanzig Grad Celsius warm ist, und die, wie ich finde, Sommerfrisur zu ihrem kurzen Rock und ihrem kurzärmligen, hautengen T-Shirt passt, welches ihre zierliche, schlanke Figur betont, kann ich überhaupt nicht mehr von ihr ablassen. Aber auch die klassische Variante der offenen Haare, die bei leichten Brisen so schön wehen, sehen bei ihr vor allem durch die Feinsträhnigkeit ihres Haars äußerst elegant aus. Ich liebe so vieles an ihr. Des Weiteren ihren humorvollen, gerissenen Charakter. Sie veräppelt mich und Marius gerne, und genau das liebe ich an ihr. Dass sie keine Grenze zieht. Sie ist intelligent, gerissen und witzig. Ungeniert und natürlich. Sie ist perfekt und unwiderstehlich.

„*Ja?*", sagt sie und dreht sich zu mir um. Bei ihrer Umdrehung wirbeln ihre Haare um sie herum, wie als würden sie ein Eigenleben führen. Ich könnte stundenlang ihre Haare bewundern. Die Intensität der Farbe, die Dichte, die Länge – sie reichen ihr bis zum Solarplexus, die Dünne der einzelnen Strähnen, die kleinen Abstufungen im Braun – oben dunkler, unten etwas heller – sind faszinierend.

Jetzt brauche ich Mut, deshalb nehme ich erstmal zur Entspannung tief Luft und fange erst dann an sie zu fragen – das ist eine von mir selbst entwickelte Methode, die ich immer anwende, wenn ich nervös bin, und die ihr Ziel, die Nervosität etwas zu lindern, tatsächlich erreicht. Sie schaut mir in die Augen. Ihre Augen können einen hypnotisieren, sie sind wahrhaftig atemberaubend. Das Grün umrahmt vom Grau. Aber ich bin mir sicher, dass nicht einzelne Objekte, wie ihre schönen Augen, ausschlaggebend dafür waren, dass ich mich in sie verliebt habe. Es ist das Gesamtbild: Ihr vollkommenes Gesicht. Sie sieht besonders aus und kristallisiert sich von allen anderen Mädchen heraus. Es ist schwierig zu benennen, was ihr Äußeres derart besonders macht, da jeder Körperteil ein Puzzlestück eines Gesamtwerkes ist. Jedes Puzzlestück trägt zu ihrer Schönheit bei. Außerdem muss auch mal gesagt werden: Sie ist unglaublich heiß. Ihr Gesicht, ihre spitze Nase, ihr spitzes Kinn, ihre stark aus der Haut tretenden Wangenknochen, ihr elegantes Erscheinungsbild, passt wie ein Puzzlestück zu ihrer Persönlichkeit.

„Es geht um den Tanzball... also am 18., hast du da eventuell Lust... mit mir zu tanzen? Ich weiß, ich bin ein miserabler Tänzer, aber..."

„Na klar, gerne", antwortet sie mit einem Lächeln in ihrem Gesicht. In mir springt mein Herz wie wild in die

Luft – äußerlich jedoch krümmt sich keiner meiner Zehen – und ich bin erleichtert, stolz darauf, dass ich den Mut gefunden habe, sie zu fragen, *„und soo schlecht bist du jetzt auch nicht, sonst hätte uns Herr Christoph ja nicht das Solo angeboten",* ergänzt sie und lächelt mich mit ihrem süßesten Lächeln an, dass meine Knie wabern. Dieses Mädchen hat viel mehr Einfluss auf mich und Kontrolle über mich, als sie sich vorstellen kann.

Und dann noch ein Kompliment, es hätte für mich nicht besser laufen können. Allerdings kann ich unseren aufführenden Tanz bereits viel besser, da ich ihn täglich zu Hause übe, um nicht zu sehr zu versagen. Damit ich auf dem Ball so gut tanze wie unseren Tanz, bräuchte es viel Übung. Dennoch fange ich an zu strahlen und innerlich strahle ich noch mehr, als meine Mundwinkel und meine Augen es äußerlich zeigen können. Wenn man im Leben weiterkommen möchte, muss man eben manchmal über seinen eigenen Schatten springen, sein Herz in die Hand nehmen; das habe ich inzwischen gelernt. Mut führt zu Erfolg. Und ausgerechnet Mut ist unglücklicherweise eine meiner Schwächen, die ich aber zu bekämpfen versuche. Ich habe mich bereits über den Tanzabend informiert: Er wird in der Aula stattfinden und es würde mehrere Damenwahlen und Herrenwahlen geben, einen Ausschank und zum Schluss eine kurze Live-

Musik-Einlage durch unser Schulorchester. Nun wird es heißen, die Dame Helene wird den Herren Lukas auswählen, beziehungsweise umgekehrt: eine liebliche Traumvorstellung. Ich bin mittlerweile an einem Punkt angelangt, von dem ich damals nur träumen konnte: gemeinsames Tanzen, Hand in Hand, mit Helene. Ich erinnerte mich an die Worte *„das ist absurd".*

*„Naja, im Team sind wir eben gut"*, sage ich.

*„Da könntest du recht haben"*, stimmt sie mir zu. Darauf geht sie hoch und ich stehe weiterhin wie elektrisiert auf derselben Stelle.

*Ich möchte Marius aufsuchen.*

Ich nahm Marius' Angebot, mir bei Helene zu helfen, nämlich an und inzwischen ist er wirklich zu einer Art Beziehungsberater für mich geworden. Wir unterhalten uns oft darüber, wie ich bei Helene „weiterkomme". Er hilft mir sehr und unterstützt mich, wo er nur kann. Es tut so gut, einen Freund wie Marius zu haben, nachdem mich fast mein ganzes Leben lang geplagt hat, dass ich immer der Einzelgänger war. Hätte ich Marius nicht als Freund, oder vielmehr wäre ich nicht mit Helene befreundet, wüsste ich, hätte ich mich niemals Derartiges getraut. Ich hätte sie heimlich angeschaut, mich ihr aber nie und nimmer getraut zu nähern. Unter keinen Umständen. Aus dem Glück bin ich froh, dass mir die Situation derart erleichtert wurde.

„*Klasse*", antwortet Marius, als ich ihm die Neuigkeiten berichte.

„*Ich hab' aber auch noch was*", erzählt er im Anschluss. „*Als ich Helene heute Morgen aufgesucht und schließlich in der Cafeteria angetroffen habe, war sie gerade dabei, ein Instagram-Foto von dir anzuschauen – dieses ältere, was fast ein Portrait ist*". Ich erstarre. *Helene schaut sich heimlich Fotos von mir an?* Ich erkenne mich ein wenig darin wieder, denn genau das tue ich auch immer, wenn ich sie mir nicht gerade im Kopf vorstelle und interpretiere mir eine leise, aber immer noch schwer fassbare Bestätigung in meiner Vermutung. Ich komme mit dem Wechsel von „unbeliebt" zu „beliebt" immer noch nicht klar, und, dass sich ein solches Mädchen für mich interessieren könnte, was nicht heißt, dass ich mich nicht hübsch finde. Aber die Eigenschaft, mich selbst so hübsch zu finden, wie ich es objektiv bin, was meine Eltern ständig bestätigen, fiel mir besonders an meiner alten Schule ziemlich schwer. Viele Monate war ich ein wunderschöner, goldener Spiegel, auf den jedoch eingeschlagen wurde, sodass seine Oberfläche anbrach. Diese Oberfläche wird nun wieder geflickt. Jetzt gerade fühle ich mich nämlich so attraktiv wie nie. Ich mache mir in diesem Augenblick große Hoffnungen. In der Liebesbeziehung zwischen ihr und mir kann dann doch gar nichts mehr im Wege stehen.

Beim Gedanken an eine mich liebende Helene werde ich überheblich, was zu einer herben Enttäuschung führen könnte, andererseits werde ich selbstbewusst und das ist eine sehr wichtige Eigenschaft. Selbstbewusstsein ist das Fundament des Muts. Nie in meinem Leben war ich so selbstbewusst wie in diesem Augenblick. Vor allem damals an meiner alten Schule haben mein Selbstbewusstsein und mein Selbstwertgefühl gebröckelt und die damalige Situation schwingt immer noch in mir mit, aber der Gedanke an Helene und mich ist besser als jeder Psychologe. Nach jedem gefassten, träumerischen Gedanken fühle ich mich wie der majestätisch Posierende auf einem Thron Sitzende neben ihr und nicht mehr wie der Zitternde auf dem Holzstühlchen. Denn man kann nicht bescheidener denken, wenn gut möglich sein könnte, dass *Helene* in mich verliebt sei. Es ist nun mal *Helene*. Ich philosophiere abends in meinem Bett des Öfteren über Liebe, befasse mich mit dem Gefühl, das mich die letzten Wochen fesselt, und kam auf den Schluss, dass die echte Liebe *die* Liebe ist, die auf verschiedenen Ebenen wirkt. Es gibt die sexuelle Ebene, die in meinem Alter sicherlich echte Liebe vortäuschen kann, da man in der Pubertät einen besonders starken Drang zur Sexualität entwickelt. Aber auch die charakterliche Ebene, die ihr Wesen charakterisiert. Zum Schluss die Ebene, auf welcher man ihr Äußeres auf nicht-sexuelle Art attraktiv findet. Die Ebene beinhaltet das Phänomen, bei dem man Mädchen „süß" findet, und, oh mein Gott, sie ist verdammt süß. Das Magische an der Liebe folgt sogleich, und zwar, da die Liebe meistens ein sich weiter entwickelnder Prozess ist, dass man anfängt, jeden einzelnen Wesenszug, jeden einzelnen Gesichtszug und jeden Gesichtsausdruck an ihr zu lieben. Genau wie, wenn man sich in eine Musik verliebt und den Takt, die Melodie, den Rhythmus nach einer Weile als besonders harmonisch und wohlklingend empfindet. Definitiv spielt bei mir nicht mein sexueller Trieb diese Liebe vor, nein, ich liebe Helene auf allen Ebenen, auf eine Weise, die alle Faktoren umfasst. Jeder würde neidisch auf mich sein, würde ich mit ihr zusammen durch die Straßen laufen oder mich ich in der Klasse vor den anderen mit ihr küssen. Sie ist nun mal mit *Abstand* die hübscheste Vertreterin des weiblichen Geschlechts. Ich kann mir schlicht nicht vorstellen, dass es da draußen noch zig andere Mädchen gibt, die eine solche Wirkung auf mich haben werden, die mich so überwältigen können, mich in einen derartigen Zustand versetzen können, wie sie es erreicht. Sie hat dieses wunderschöne, zarte Gesicht, aber dazu auch diesen wohlgeformten, verführerischen Körper. Allein ihr großes Muttermal auf ihrem Wangenknochen ist sexuell anziehend und die

113

Art, wie sie läuft, ist elegant und bezaubernd. Liegt es eigentlich am Körperbau oder haben Frauen es im Blut so elegant zu gehen? Was ich nur alles dafür geben würde, sie einmal küssen zu dürfen.... Sie ist wie ein Lebensziel für mich, für sie würde ich durch alle Feuer der Welt gehen und mir meinetwegen die Beine verbrennen. Jetzt weiß ich endlich, wie es sich anfühlt, verliebt zu sein, jetzt kann ich mitreden, wenn Erwachsene über Liebe sprechen, von denen wir kleine Kinder ja angeblich keine Ahnung haben, wobei ich mir nicht vorstellen kann, dass mein Bedürfnis als „normales Liebesbedürfnis" bezeichnet werden kann, vielmehr gehe ich davon aus, dass es sich hierbei um eine wahnsinnig starke Bindungsgier handeln muss, die ich Helene gegenüber empfinde, eine, die womöglich nie vergehen wird. Ihr Gesicht hat sich in meine Netzhaut gebrannt, sodass ich sie meine Lebtage lang nicht mehr vergessen werde.

Welche Frage ich mir allerdings ständig stelle, ist, wenn Helene tatsächlich ebenfalls ein solches Gefühl der Bindung mir gegenüber empfindet, warum zeigt sie mir das dann nicht richtig? Warum gibt sie mir nicht das Gefühl, dass sie es auch will? Sie ist sonst so wahnsinnig taff und bekommt immer alles, was sie will. Warum sollte sie bei mir so schüchtern sein? Ich bin doch keine harte Nuss, die man erst knacken muss? Oder bin ich das? Gilt immer noch, der Mann muss den ersten Schritt machen und sie selbst hat gar nicht vor, Initiative zu ergreifen, sondern wartet nur auf mich?

Nach der siebten Stunde habe ich Schulschluss; ich verabschiede mich von Helene und Marius und gehe euphorisiert nach Hause.

*„Hallo!",* strahle ich, als ich zu Hause einspaziere und meinen Rucksack aufs Sofa schmeiße.

*„Na, warum haben wir denn so gute Laune?",* fragt mein Vater freudig, da ich freudig bin. Somit passt sein „wir" sogar.

*„Tja, das wüsstet ihr wohl gern... Naja gut, ich will mal nicht so sein... Es geht um ein gewisses Mädchen",* offenbare ich.

*„Verstehe, verstehe",* sagt meine Mutter vom Balkon kommend und lächelt mir zu.

*„Ach, Mama, ich wollte dich noch was fragen..."*

*„Ja?",* entgegnet sie.

*„Am 18.12. findet an meiner Schule ja dieser Tanzball statt, von dem ich dir schon erzählt habe, und da wollte ich dich fragen, ob du tanzen kannst und wenn ja, ob du dir vorstellen könntest, mir was beizubringen?",* frage ich. Sie geht kurz in die Küche und beantwortet dort meine Frage, während sie das Geschirr in die Spülmaschine einräumt.

„Es ist zwar schon lange her, aber damals konnte ich sehr gut tanzen, das kann dein Vater bezeugen". Sie dreht sich gebückt zu meinem Vater um, lächelt ihm zu und er bestätigt das: „Ja, deine Mutter konnte beeindruckend tanzen. Die beste Tänzerin der Stadt", versichert er und es klingt nicht mal verstellt. Mit „Stadt" ist wohl die Kreisstadt Mühlhausen in Thüringen gemeint, in der sie ihre gesamte Kindheit und Jugendzeit verbracht hat, bis sie nach ihrem Abitur nach Frankfurt am Main ausgewandert ist und dort ihr erstes Studium begonnen hat, bevor sie nach Berlin gezogen ist und dort meinen Vater kennengelernt hat. Ich bin überrascht, was ich so einiges nicht über meine Eltern weiß. „Könnte es sein, dass dieses Tanztraining etwas mit Helene zu tun hat?", fragt meine Mutter, die mich durchschaut hat.

Ich grinse sie nur vielsagend an, da ich die Frage als rhetorische Frage identifiziert habe und lasse mich auf mein Bett fallen, in welches ich mich einkuschele. Helene hat zugesagt und das Tanzen werde ich bis zum Ball ein wenig lernen – hoffentlich....

Dieser Tanzball ist für mich keine normale Veranstaltung mehr, sondern dieser Tanzball wird etwas ganz Besonderes sein! Ein Meilenstein in meinem Leben.

# Kapitel 6

Nachmittag, 17:32:

Ich bin zufällig in der Schule, da ich meine
Federtasche in der Schule verloren habe, um in den
Fundsachen beim Hausmeister nach ihr zu suchen,
was tatsächlich erfolgsbringend war, als ich ein lautes
Zischen höre, das durch den gesamten Flur des
Erdgeschosses hallt. Zuerst vermutete ich dahinter,
einem Lehrer wäre ein Stapel Hefte oder Bücher
runtergefallen, doch ein Blick auf die Uhrzeit sagt mir,
dass das unrealistisch ist, da sich fast niemand mehr
in der Schule befindet, außer Putzkräften und dem
Hausmeister, der nachmittags immer einen
Kontrolldurchgang durch die Schule macht. Höchstens
noch ein paar AGs wie Gitarrenunterricht oder
ähnliches finden noch so spät statt. Jedenfalls sind die
Flure allesamt leer. Als ich dem Gang das Stück
aufwärts Richtung Schulhof folge, an der Eingangstür
entlanggehe, muss ich etwas Schreckliches feststellen.

Als ich aus Neugierde um die Ecke des Ganges spähe, sehe ich tatsächlich Helene. *Helene?* Was sucht sie denn hier? Doch sie ist nicht allein. Ich muss feststellen, wie ein Junge an ihr herumzerrt und Helene sich gegen ihn wehrt und nun weiß ich auch das Geräusch zu deuten. Vermutlich hatte sie ihm eine geknallt.

*Autsch.*

Außerdem höre ich, wie sich die beiden streiten. Der Junge hat eine aggressive, unangenehm laute Stimme. Aber Helene lässt sich dem Anschein nach nicht von ihm einschüchtern.

Kaum erfasse ich das Szenario, als es ein weiteres Mal zischt.

*Autsch.*

Ich höre diesen Jungen aufbrüllen. *„Hör jetzt auf, verdammtes Miststück!"*, schreit er und presst seine dreckigen Finger mit Druck an ihren Unterkiefer. Dabei sehe ich, wie ihre Wangen an den Druckstellen erröten, während ich zugleich meine Zähne aufeinanderpresse. Dieser Scheißkerl soll gefälligst seine Drecksklauen von ihrem Gesicht nehmen! Und sie schon gar nicht derartig beleidigen! Ich möchte am liebsten auf diesen Typen losgehen und ihn weich hauen! Der tut Helene nichts an! Ich sehe, wie Helene hin- und herzappelt und probiert, sich aus dem Griff zu befreien, bis sie sich erneut wehrt und mit ihren Beinen um sich schlägt. Henrik stöhnt auf, als Helene sein Schienbein streift, Helene allerdings bekommt die unschönen Auswirkungen zu spüren. *„Wenn du jetzt nicht sofort aufhörst, tu ich dir richtig weh, hast du gehört?!"*, brüllt er. Er hat eine tiefe, männliche Stimme und bisher weiß ich auch nicht, was genau er von ihr will. Er stemmt seine Beine gegen ihre und drückt sie gegen die Wand, bis Helene aufstöhnt und sie so gut wie wehrlos ist. *„Henrik, lass es!"*, schreit Helene schließlich. Henrik also... ich erinnere mich an die Worte von Marius. Die *üble Geschichte*, wie er sie genannt hat. Ich höre Angst und Verzweiflung aus ihren Worten heraus.

*Was macht dieses Schwein mit ihr?*

Jetzt nimmt er auch noch seinen Unterarm und drückt ihn gegen ihre Kehle und kaum ist das getan, zwängt sich sein bärtiger Mund in ihr Gesicht, während sich Helene vergebens probiert zu winden. *Dieser abscheuliche Widerling!*

Ich weiß nicht, welche Tatsache mich mehr bewegt: Dass sich Helenes Lippen gerade an den Lippen eines anderen Jungen befinden, oder, dass Helene in Not ist. Aber die beiden Tatsachen verschmelzen sowieso miteinander. Dieser Anblick schmerzt nur noch in meinen Knochen. Mein Leib bebt und zittert vor Tatendrang. *„Das würde ich lassen!"*, rufe ich den Gang entlang und nähere mich ihm mit schnellen

Schritten. Mein Herz wird so weich, als ich Helene nun von nahem sehe und, wie sie mich mit wehleidigen Blicken beäugt. Ihr Blick zeugt von so viel Angst, dass sich mein Herz verkrampft und meine Wut ins Unermessliche hinein steigert. *„Luki"*, ruft sie klagend. *„Zisch ab, Kleiner"*, ruft mir Henrik aggressiv zu und würdigt mich lediglich eines Blickes. Und genau das ist mein Vorteil: Er unterschätzt mich aufgrund meiner Körpergröße und denkt, von mir würde keine Gefahr ausgehen, aber da hat er sich kräftig geschnitten. Wie konnte dieses Schwein einmal Helenes Freund sein, frage ich mich in dem Moment. Henrik erinnert mich aus irgendeinem Grund an meine alten Klassenkameraden und ich weiß ganz genau, dass denen nur eine Abreibung hilft, Respekt zu erlernen. Als Henrik nicht aufhört, Helene gegen diese Wand zu drücken, habe ich einfach diesen Impuls. Ich wusste, dass ich etwas tun musste, ich wusste nicht, was ich jetzt machen würde, aber ich wusste, ich würde irgendwas machen. Mein Körper strotzt nur so von Wut und davon ausgehend Kraft. Die Kabel sind bei mir durchtrennt und das Fass ist am Überlaufen. *„Ich habe gesagt: lass es!"*, schreie ich und ehe er sich wieder zu mir umgedreht hat und mir seine widerwärtige Visage gezeigt hat, stoße ich ihn auch schon mit unmenschlich viel Wucht zur Seite, sodass er gegen die Wand von Schließfächern kracht. Ich bin selbst dermaßen überrascht über meine Kräfte, sodass ich davon ausgehen muss, dass ich mich in einer Art Beschützer-Modus befinde. Diese Kräfte haben definitiv etwas mit Helene zu tun. Ich frage mich, ob das ein Kraftschub aufgrund eines männlichen Instinkts ist, laut dem männliche Verpflichtung ist, sein Weibchen zu beschützen. Nachdem es ordentlich gescheppert hat, schlinge ich meine Arme um seinen Hals und schnüre ihm die Kehle zu. Ich halte ihn von hinten mit einem Arm im Schwitzkasten fest – der Knick zwischen Unter- und Oberarm befindet sich direkt an seinem Kehlkopf – und zerre ihn in den offenen Flur, doch leider war ich unaufmerksam, was mir zu einer Lektion wurde. Mit seinen Armen konnte er immer noch frei machen, was er wollte und rumfuchteln und so schlug er in seiner aufbrausenden Aggression mit seiner rechten Handaußenfläche gegen meine rechte Schläfe. Doch ich spüre so gut wie nichts von dem eigentlich so teuflischen Schmerz, den ich im Moment erleiden müsste. Sein Schlag verstärkt meine Kräfte und meine Wut nur noch mehr, dass ich ihm fast hätte Knochen gebrochen. Ich schleudere ihn – immer noch im Schwitzkasten – hin und her, drücke Unterarm und Oberarm so stark ich kann gegen seine Kehle,  mit dem anderen Arm umfasse ich seinen Oberkörper, um seine Arme zu bändigen, bis ich ihn schließlich gegen eine Wand schmettere. Er stolpert rücklings noch einmal nach hinten, sodass besonders sein Nacken von diesem harten Aufprall betroffen ist und er schmerzhafte Laute von sich gibt. Ein Schluchzen und ein Stöhnen. Plötzlich realisiere ich, was ich da eigentlich gerade getan habe. Ich habe einen Menschen noch nie so übel verprügelt. Aber ich bin unheimlich froh, dass das alles vor den Augen von Helene passiert ist. Bekanntlich mögen Frauen keine Schlägereien, aber ich kann mir vorstellen, dass dies eine Ausnahme war. Sie wurde bedroht. Der Typ wollte ihr an die Wäsche gehen und ich habe sie beschützt. Würde Henrik Schlimmeres davontragen, würde es mir ehrlich gesagt auch egal sein, aber da er sich direkt wieder aufrichtet, zwar schmerzerfüllt und in gebückter Haltung, was meinen Triumph nur noch mehr erfüllt, sich aber problemlos dem Ausgang nähert und auch noch seinen Mund so voll nimmt und beim Hinausgehen: *„Irgendwann popp ich dich noch, verlass dich drauf!",* ruft, denke ich mir, habe ich nichts zu befürchten. Anschließend hören wir nur noch, wie eine Tür aufgestoßen wird und wie sie zwei Sekunden später wieder zu kracht. Erleichterung und großer Stolz erfüllen mich. Es ist dieses Gefühl, wenn man gerade voll von Adrenalin war und alles glücklich geendet hat, man sein Ziel erreicht hat, gewonnen hat. Außerdem fühle ich mich so losgelöst, befreit. All die Monate habe ich mich *das* nie getraut, doch auch diese Schwelle ist nun überschritten.

*Hätte ich mich das nicht getraut, hätte ich sicherlich eine nicht so schlimme Zeit durchmachen müssen.* Ich drehe mich um und blicke zu Helene, die mich immer noch ganz verstört ansieht. *„Alles ist gut",* sage ich zu ihr, sie fällt direkt in meine Arme und wuschelt mir durch die Haare. Man kann nicht in Worte fassen, wie beseelt und erfüllt ich in den Augenblicken bin, als Helene sich in die Arme ihres Beschützers fallen lässt und ich sie in meinen Armen halte. *„Zeig' mal her",* sagt sie, als wir uns aus der Umklammerung lösen, und inspiziert die Treffstelle an meiner rechten Schläfe. Allmählich verspüre ich das schmerzhafte Pochen an dieser Stelle. *„Oh Gott.... und das meinetwegen... verdammt, es tut mir leid",* sagt sie mitleidig.

*Als hätte sie sich zu entschuldigen...*

Ich schaue sie mit großen Augen an. *„Schwachsinn. Du hast dich nicht ein bisschen zu entschuldigen. Er hat dich angegriffen. Aber ich kann nicht fassen, dass du mit dem zusammen warst?!",* ich gucke sie mit einem äußerst skeptischen und verstörten Blick an.

*„Du hast ja sowas von recht, aber anfangs war er nicht... so.... Erst seit ich ihm klar und deutlich meine Meinung gegeigt habe, dreht er am Rad",* stellt sie klar. *„Oh, man. Ich hätte echt nicht gedacht, dass er das*

*macht...*" Einen Moment herrscht Stille, in denen ich ihr mehr als eine Sekunde lang in die Augen schaue.

„*Er hat gesagt, er ,poppt dich noch, verlass dich drauf'*", erinnere ich sie, „*wir sollten zu Herrn Stießer gehen und ihm sagen, was los war, sonst passiert sowas noch einmal*", rate ich und Helene nickt zustimmend.

So sehr ich jetzt im Nachhinein Schmerzen an meiner Schläfe spüre – es ist als würde meine Haut an jener Stelle aufgerissen sein, so sehr muss ich doch die ganze Zeit grinsen auf dem Weg zu mir nach Hause. Ich habe diese Prügelei definitiv gewonnen. Ich bin sowas von als Sieger da hinausgetreten. Ich gehe das, was da gerade geschah, noch mal im Kopf durch. Ich bin so verdammt stolz darauf, dass ich Helene beschützt habe und dieses Arschloch dermaßen zugerichtet habe.

*Wie sie in meine Arme gefallen ist...*

Sie ist mit Sicherheit beeindruckt von mir und hätte so etwas nicht von mir erwartet, ich von mir selbst ja auch nicht wirklich.

# Kapitel 7

„*Auch Vanille, oder was anderes?*"

„*Erdbeer', bitte*".

„*Klar*",

„*Und noch einmal Erdbeere im...*"

„*Im Becher?*"

„*Ja, im Becher.*"

„*In Ordnung, 2,20,- wären's dann.*"

Ich gebe dem Eisverkäufer vom mobilen Eisstandwagen, welcher immer im Park zu bestimmten Zeiten entlangfährt und Eis verkauft, das Geld, nehme die beiden Eisbecher, in denen jeweils ein Plastiklöffel drinsteckt, und gehe zu Helene, die ein kleines Stück abseits des Weges an einem Baum angelehnt steht. Marius ist heute krank und daher riet er mir, mit ihr allein, zu zweit, etwas zu unternehmen. Da wir sonst immer zu dritt unterwegs sind, sollte ich die Gelegenheit nutzen, und er hat sowas von recht. Heute Morgen vor der Schule hat er mich angerufen und die ganze Schulzeit über habe ich bereits überlegt, zu was ich Helene heute einladen könnte, was wir denn gemeinsam machen können. Es sollte kein Kino sein, viel zu altmodisch und langweilig, da sehen wir uns gar nicht an, sondern glotzen ununterbrochen nach vorne, stopfen uns Popcorn in den Mund und sitzen in einem dunklen Raum, während draußen die Sonne scheint und es vierzehn Grad Celsius sind. Nein, bei dem schönen Wetter muss man irgendetwas draußen in der Natur machen und da dachte ich natürlich direkt an die Homer-Wiese, die zudem lediglich ein paar Straßenecken von der Schule entfernt ist, neben der es noch weitere Straßen, Plätze und Gassen in diesem Viertel gibt, die nach griechischen oder römischen Dichtern benannt wurde. Der Anblick, wie Helene am Baum angelehnt steht, ist einfach wundervoll. Ich könnte sie so stundenlang anschauen, als wäre es ein Gemälde, allerdings ist die Realität natürlich noch viel schöner als eine zweidimensionale Malerei. *Natur trifft Naturschönheit* würde das Gemälde heißen. Irgendwie verbinde ich mit Helene die Natur, vielleicht auch wegen ihres Rosenduftes. Ihre Haarfarbe ähnelt der des Baumes, bis darauf, dass der Baumstamm mit der kratzigen Kiefernrinde matt ist und ihre durch die Sonne erhellten kastanienbraunen Haare glänzen, sie noch farbkräftiger sind, noch sättigender, außerdem zeigen sie heute durch die Sonne eine noch schönere Farbe als sonst. Wir haben Federballsachen dabei und wollen spazieren gehen und quatschen, dabei Eis essen. Für mich ist es wirklich eine tolle Gelegenheit, Zeit mit ihr zu verbringen und ihr vielleicht näher zu kommen, auch wenn mir nervös bei dem Gedanken wird. Die Sonne scheint kräftig, es ist keine Wolke am Himmel zu sehen, nur das schöne Blau, welches näher an der Sonne heller ist und je weiter weg, desto dunkler, was einen wunderschönen Verlauf von verschiedensten Blautönen am Himmel ergibt. Den Anblick habe ich seit Wochen nicht mehr gesehen, den Anblick eines blauen wolkenlosen Himmels, schließlich ist es mitten im Winter; es ist wahrhaftig ein herrlicher Tag für einen Dezembertag. Weiße Weihnachten kann man vergessen, so warm wie es ist. Wir schaufeln an unserem Eis, ich an meinem Vanilleeis und Helene an ihrem Erdbeereis und wir genießen die uns überfallende Wärme, die uns gewissermaßen nach ein paar Wochen fröstelnder Temperaturen wieder auftauen. Der Wetterbericht spricht von einem an Deutschland vorüberziehendes Hochdruckgebiet, das uns voraussichtlich mit letzter Wärme in diesem Jahr versorgt. Die Sonne strahlt auf Helenes Augen und lässt sie auffunkeln, die Milchigkeit ihrer Haut wird noch stärker hervorgehoben. Ihr dunkles Muttermal auf ihrem spitzen Wangenknochen nimmt eine ganz andere Farbe an. Wir sagen nichts, sondern spazieren Seite an Seite. Als ich zu ihr hinüberschaue, bekommt sie es mit und lächelt mich an. So gerne würde ich meine Hand nehmen und sie in ihre legen. Näher neben ihr herlaufen, sie in meinen Arm nehmen... und noch viel mehr....

Wir gehen etwas abseits der Wiese in wäldlicherer Gegend und es riecht nach Wiese, Moos, Schlamm, Baumrinde. Es riecht wild, aber auch natürlich und frei. Etwas Schöneres als mit Helene im Wald spazieren zu gehen, gibt es fast gar nicht. Man ist so allein, allein die Natur umgibt uns. Man hört das leise Zirpen von Grillen aus Sträuchern und dem hohen, wildwachsenden Gras, das den Weg links und rechts von uns begrenzt, und das Zwitschern des Zaunkönigs aus den Baumkronen, die sich über unseren Häuptern erstrecken und uns beschatten, uns vor dem vollkommenen Sonneneinfall bewahren. In der Ferne erblicken wir eine gigantische Staue aus Eisen und Bronze: die Homer-Statue. Homer war ein altgriechischer Dichter und vermutlicher Verfasser der beiden ersten literarischen Werke des Abendlandes, den Epen *Ilias* und *Odyssee*, und ich habe keine Ahnung, warum ausgerechnet dieser Park und die Wiese nach ihm benannt wurden, ob nur zwecks des Viertels und seiner weitreichenden Bedeutung oder nicht, aber wir steuern sie geradewegs an. Helene

wollte sowieso unbedingt mal mit mir da rauf, obwohl
mit keinem problemfreien Aufstieg zu rechnen ist:
Schließlich hebt sich der erste Sockel über zwei Meter
über den Boden ab. Nachdem wir aber doch beide
geschafft haben, uns beide hochzuschwingen, was
dennoch nicht gerade leicht war, klettern wir weiter
hinauf auf die oberste Stufe, auf der die Beine des
Homer beginnen emporzuragen, und setzen uns dort
nieder. Von hier aus blicken wir direkt auf die bereits
tief stehende Sonne, deren Strahlen unsere Gesichter
geradewegs einfangen, sodass man die Augen sogar
ein bisschen zusammenkneifen muss, wenn man
geradewegs nach vorne auf die Wiese blicken möchte.
Es ist ein sehr romantischer Ort. Und ausgerechnet
hier sitzen jetzt *wir.* Wir befinden uns in bestimmt vier
Metern Höhe, wie auf einem erhabenen Thron. Königin
und König herrschen über die Homer-Wiese. Obwohl,
eigentlich tut das schon die Statue, welche
selbstverständlich viel größer als wir ist und die Wiese
besser im Blick hat. Bestimmt ragt sie samt Sockel
sechs Meter weit in den so farbintensiven Himmel. Wir
sitzen unmittelbar vor der großen, weiten Wiese; sie
liegt geradezu vor unseren Füßen, und wir blicken auf
zankende Kinder im Sandkasten, auf Fußball spielende
Jugendliche oder liegende, entspannende, vor sich hin
dösende Erwachsene, die die Sonne genießen
möchten, einfach mal abschalten wollen, was jedoch

behindert wird wegen des vielen Lärms, den die Kinder nebenan verursachen. Die Welt, die uns umgibt, wirkt in diesem Augenblick aufgrund der kräftigen Farben des Grüns der Wiese und der Bäume, der gelben Blumen aus dem Blumenbeet, welches sich etwas weiter rechts von uns befindet, des so kräftigen Blaus, das vollständig den beinahe zu perfekten Himmel ausmacht, und durch die Tatsache, dass Helene gerade neben mir hier an diesem wunderschönen Ort sitzt, unwirklich.

Ich denke daran, dass sie mir bereits ein paar Mal erzählt hat, wie oft sie hier oben war und aus dem Grund oft auch mit mir hier hoch wollte.

*„Was hast du denn hier oben gemacht?"* Ich richte meinen Blick zu ihr hinüber und sehe, dass sie ihre Lider geschlossen hat, sie aber behutsam wieder öffnet und zu mir schaut.

*„Gesessen, wie wir jetzt, genau hier auf der Stufe. Zusammen mit meinem Vater...",* sie schweigt, obwohl ich dachte, sie würde noch weiter sprechen.

*„Habt ihr euch hier immer unterhalten, oder vielleicht die Sonne beim Untergehen beobachtet? Denn der Platz wäre bestimmt sehr geeignet dafür, ich meine... wir blicken genau nach Westen, zumindest in der Position, wie wir jetzt sitzen, das ist sicher sehr romantisch."* Erst als ich meine Sätze zu Ende

gesprochen habe, bemerke ich, dass ihr Tränen kommen.

*Wie unaufmerksam.*

Sie rinnen ihr die Wangen herunter, eine auf jeder Seite. Wie gerne würde ich jetzt zu ihr, und sie auf eine liebende Art und Weise trösten. Ich kenne sie bloß als das taffe und mutige Mädchen, aber jeder Mensch hat eben auch seine weinerliche Seite, die er jedoch meistens in den Hintergrund rückt.

Schockiert schaue ich sie an.

*„Helene? Habe **ich** irgendwas...?"*

*„Nein, schon gut",* sie wischt sich die Tränen hastig mit ihren Fingern weg, als mir einfällt, dass ich in meiner Hosentasche Taschentücher habe. *„Danke",* schnieft sie leise, als ich ihr eines überreiche. Ich denke mir, dass jetzt vielleicht der richtige Zeitpunkt wäre, näher an sie heranzurücken, um sie zu trösten. Ich frage sie, warum sie geweint hat. Sie starrt auf den Boden.

*„Mein Vater... es war vor fünf Jahren... jeden zweiten Abend saßen wir auf dieser Stufe, unterhielten uns über alles Mögliche. Wenn wir Streit hatten war das unser Schlichtungstreff, an dem wir uns bei der Versöhnung umarmten... und wir haben hier sehr oft, wie du sagtest, den Sonnenuntergang beobachtet. Ich kann noch genau meinen Vater neben mir sitzen sehen, der rot angeleuchtet ist vom Abendrot der*

*Sonne"*. Ich fühle mich schuldig, dafür, dass sie im Augenblick weint; ich habe ein schlechtes Gewissen, da ich vom schönen Beobachten von Sonnenuntergängen sprach, was eine Erinnerung in ihr ausgelöst haben muss, *„die Zeit mit ihm war so schön.... bis..."*, sie stockt und ihr kommen von neuem Tränen, die ihr die Nase hinunterlaufen, bevor sie sie abtupft. So sehr traurig sie im Moment ist, und wie tränenverschmiert sie gerade auch sein mag, so süß sieht sie gerade deshalb momentan aus, besonders ihre erröteten Wangen, über die ihre Tränen kullern, würde ich gerne zärtlich streicheln. Ich blicke gerührt zu ihr und will sie ungern drängeln, weiter zu reden, schließlich ist das ein hochemotionales Thema und so wie ich das verstehe, ist ihrem Vater irgendetwas Tragisches zugestoßen, aber ich will natürlich dennoch wissen, was geschehen ist. Die Neugierde packt mich am Schopf.

*„Was war dann?"*

*„Er stürzte, ausgerechnet an unserem Lieblingsort, er ist da runter gefallen"*, sie deutet nach unten, etwas weiter links von uns, *„und ich bin schuld gewesen, da ich mich an ihm festgehalten habe... er ist nicht daran gestorben, er hat sich nur seinen Fuß verstaucht"*, sie weint ihre Last aus, *„aber ich gebe mir trotzdem die Schuld daran, dass er... gestorben ist. Im Krankenhaus wurde bei ihm Bauchspeicheldrüsenkrebs*

*diagnostiziert...",* jetzt fängt sie richtig an zu weinen und gibt auf, sich einzelne Tränen wegzuwischen, stattdessen breitet sie das Taschentuch aus und wischt grob über ihre gesamte Augengegend; entweder hat sie sich nicht oft anderen anvertraut, wenn es um ihren Vater geht und sie ist immer noch sehr emotional belastet, auch wenn es schon fünf Jahre her ist oder vielleicht hat sie einfach lange nicht mehr daran gedacht, aber jetzt kommen ihre Erinnerungen wieder hoch, da wir wieder hier an ihrem damaligen Ort sitzen. Dafür gebe ich mir diesmal aber nicht die Schuld, schließlich wollte sie so oft mit mir hier hoch. Dabei frage ich mich warum, wenn dieser Ort doch ein Trauma in ihr ausgelöst hat.

    *„Das muss schlimm für dich gewesen sein",* sage ich mitleidig.

    *„Ja... meine Mutter hatte mir immer gesagt, ich kann nichts dafür, aber ich habe mich als Kind immer schuldig gefühlt damals, da er zwei Wochen nach seinem Sturz.... starb."* Ich nehme sie in meine Arme und wir drücken uns. *„Als Kind... begreift man... das nicht so..",* schluchzt sie. Mir kommen ebenfalls die Tränen, so emotional und traurig ist diese Geschichte, besonders, da sie Helene betrifft. Ich stelle mir vor, dass wir uns gerade so umarmen wie sie und ihr Vater es damals taten, als sie sich wieder vertrugen. In der Regel bin ich derjenige, der weinend in die Arme

genommen wird, aber diesmal ist es genau andersherum, wodurch ich mich groß fühle. Daran kann ich mich gewöhnen. Um ehrlich zu sein, mag ich Helene jetzt noch viel mehr als davor. Durch das Kennenlernen ihrer zerbrechlicheren Seite, ist meine Liebe nur noch größer geworden, ich sehe sie nicht mehr als Göttin, sondern als menschliches Wesen an. Von ihr dachte ich, dass sie die Fähigkeit Tränen zu bilden gar nicht besitzt, aber auch sie hat einen wunden Punkt auf dem Herzen, der schmerzt, wenn man drauf drückt, aber umso mehr bedeutet es mir, dass sie mir ihre traumatische Geschichte anvertraut hat; dies muss ja heißen, dass ich in ihren Augen vertrauenswürdig und ein guter Freund bin. Schließlich erzählt man nur Leuten seine schlimmsten Geschichten, wenn sie einem auch etwas bedeuten, oder? Später erzähle ich ihr wie auf einer Bühne, bei der die Sonne wie ein Scheinwerfer auf uns gerichtet ist, von *meinen* Problemen, dass wir so oft umgezogen sind, ich nie viele Freunde hatte und, wenn ich dann mal Freunde hatte, die Freundschaften nie lange anhielten. Ja, und tatsächlich vertraue ich ihr und erzähle ihr auch von meiner damaligen Schule, und warum ich in Wirklichkeit die Schule gewechselt habe. Dass ich sie an meinem ersten Schultag angelogen habe, was sie zum Glück gut aufnimmt. Sie versteht selbstverständlich die Gründe. Es ist so schön, sich mit ihr über private Dinge unterhalten zu können, ich habe noch nie mit jemandem außer meinen Eltern über diese Art von privaten Problemen reden können, aber bei Helene kann ich mich ausplaudern, sie kann gut zuhören, hat ein aufmerksames Ohr und wir haben richtig viel Spaß gemeinsam. Irgendwann lachen wir nur noch anstatt wie anfangs zu weinen. Ich erzähle ihr davon, dass ich hochbegabt bin, woraufhin sie sprachlos reagiert. *„Warum hast du das denn nicht bei deiner Vorstellung erwähnt?"*, fragt sie. Als ich ihr erkläre, dass ich an meiner alten Schule unter anderem aufgrund meiner Hochbegabung schikaniert wurde, lehrt sie mich, mich besonders zu fühlen und meine Hochbegabung nicht als Klotz am Bein zu sehen, im Gegenteil, als wundervolle Bereicherung zu sehen. *„Glaub mir, Lukas, du bist besonders. Gerade durch deine Hochbegabung"*, vermittelt sie mir, was mein Herz umwärmt und mich rührt, gerade weil die Worte von Helene kommen. Eltern können so viel sagen wie sie wollen, sie erreichen nicht dieselbe Wirkung wie Freunde, weil Eltern einen nun mal lieben, egal wie man ist. Jetzt weiß ich jedenfalls, warum ich sie so begehre. Durch unseren gemeinsamen Spaß verschmilzt möglicherweise die Trauer an ihren Vater an diesem Ort mit unserem Spaß und löst in Zukunft vielleicht nicht mehr so starke emotionale Schmerzen in ihr aus. *„Na gut, du bist also hochbegabt, ja? Dann....*

*nenne mir die Wurzel aus 678!"*, verordnet sie ironisch, woraufhin ich ein grob geschätztes Ergebnis liefere, welches ich direkt korrigiere, da der Wert 25 doch etwas zu gering ist.

*„Tz, tz, da bin ich jetzt aber schon ein bisschen enttäuscht von dir"*, sagt sie mit einer verstellten, aber einer so unglaublich sexyen Stimme, bei der ich sie auf der Stelle küssen möchte. In meinen wilden Träumen stelle ich mir immer vor, ich gleite entschlossen mit meinen Händen unter ihr volles Haar und lasse meine Hände an ihrem glatten Hals nieder, wobei jeweils der Daumen auf ihren Wangen liegt, dabei schaut sie mich jedes Mal mit einem so süßen, verunsicherten Blick an, dass ich immer nicht mehr anders kann, als leidenschaftlich anzusetzen und unsere Münder sich verschlingen. In meinen Träumen bin ich immer außenstehender Betrachter und stelle mir Helenes Gesicht während des leidenschaftlichen Kusses vor, bei dem wir uns gegenseitig aufessen wollen, unsere Münder aufreißen, unsere Lippen schmecken, uns in vollen Zügen auskosten.

*„Hast du jetzt Lust auf Federball? Ein bisschen Bewegung tut bestimmt gut"*, frage ich ermutigend. Sie nickt mir zustimmend, woraufhin wir uns aufrichten, unsere eingeschlafenen Beine austreten, den Sockel

hinunterspringen und ich aus der Tasche zwei Schläger und einen Ball heraushole.

*„Welchen möchtest du? Rot oder blau?"*, frage ich und halte ihr die beiden Federballschläger vor die Nase.

Sie tippt auf den roten Schläger und wir gehen Richtung Wiese und suchen uns ein schönes, ruhigeres Plätzchen zum Spielen in der Sonne aus, positionieren uns aber so, dass uns die Sonne beim Ballspielen nicht blendet.

*„Kannst du Federball spielen?"*, frage ich sie, bevor ich einen Aufschlag mache.

*„Es geht"*, antwortet sie bescheiden, leuchtet und strahlt mich mit ihrem von der Sonne überbelichtetem Gesicht an. Beim Lächeln blitzen ihre weißen Zähne auf.

*Warum ist an ihr alles perfekt?*

Ich finde rein gar nichts, was man an ihr aussetzen kann. Oft sind es die Zähne, die nicht unbedingt perfekt sind, meistens nicht perfekt sind, aber *ihre* strahlen nur so von Kraft und Schönheit. Sie hat ihre Jacke ausgezogen und hat jetzt nur noch ein kurzärmliges Oberteil an, was mir fast ein bisschen zu kalt vorkommt. Bestimmt hat es sich in der letzten Stunde etwas abgekühlt, es ist ungefähr halb vier und die Sonne steht bald im Abendrot, welches man vom Sockel aus wunderbar bewundern könnte, aber darauf haben wir beide wahrscheinlich keine Lust mehr. Wir wollen uns bewegen nach dem eintönigen, einstündigen Sitzen. Ich spiele zuerst etwas schlechter, aber stelle dann fest, dass ich sie unterschätzt habe. Sie spielt wirklich gut. Ich habe einen Vorteil, weil ich Tennis spiele, auch wenn das gleichzeitig ein Nachteil ist, da man sich sehr verschätzen kann. Die Tennisschläger haben nämlich eine viel größere Fläche als die Federballschläger. Aber natürlich geht es hier um den Spaß, um den Zeitvertreib mit Helene, in keiner Weise ums Gewinnen, dennoch wäre es mir aus irgendeinem Grund peinlich, wenn sie besser spielen würde als ich. Ich würde mir wieder Vorwürfe machen. Dabei greife ich auf ein Paradigma zurück, das in den meisten unserer Köpfe noch so vorherrscht. Das ist auch der Grund, warum ich sie nicht gewinnen lassen möchte, auch wenn das keinem Gentleman ähnlich ist, aber ich weiß, dass sie es auch nicht wollen würde. Helene ist hart im Nehmen und es würde sie viel mehr beleidigen, würde ich extra schlecht spielen, sowas würde sie merken.

*So kann ich ihr außerdem ein bisschen imponieren.*
Wir spielen den Ball einige Male in hohen Bögen hin und her und ich genieße es einfach, Zeit mir ihr zu verbringen. Auch, wenn ich sie nicht küsse, nicht ihre Hand halte, ihr nicht meine Liebe gestehe, sondern einfach nur Zeit mit ihr verbringe, bei schönem Wetter

und einer Spaß machenden Beschäftigung. Nach einer Reihe von Ballwechseln verfängt sich der Ball, da Helene etwas zu hoch gespielt hat, in den Blättern eines dicken Baumes, den man aber sehr gut besteigen und den Ast, an dem sich der Ball verfangen hat, rütteln kann. Nachdem ich den Vorschlag einer Räuberleiter eingebracht habe, steigt sie mit einem Schuh auf meine übereinanderliegenden Hände und ich stemme ihr relativ geringes Körpergewicht. Sie trägt zum Glück keine Schuhe mit hohen und dünnen Absätzen – dann hätten wir nämlich Positionen tauschen müssen, sondern schwarze Lederstiefel. Dann richtet sie sich langsam am Baum festhaltend auf, währenddessen ich ihren Körpergeruch wahrnehme, da meine Nase unmittelbar vor ihrem Körper ist; einen wilden Geruch, aber einen angenehmen, außerdem strahlt sie Wärme aus, ich spüre eine warme Aura um sie herum. Durch die im Verhältnis zu ihrer Körperwärme recht niedrigen Außentemperatur, spüre ich die Wärme, die in mir einzieht, noch deutlicher. Schließlich sehe ich ihren Oberkörper vor mir; ihr kurzes, fast bauchfreies, locker umgehängtes Oberteil, ihren Hals, auf dem sich ebenfalls ein Muttermal befindet und als ich sie weiter nach oben drücke, sehe ich über ihrem Ledergürtel, der ihre lässige, hellbraune Hose zusammenhält, ihren Bauch hervorgucken. Da das Oberteil sehr kurz

139

geschnitten ist und locker anliegt, kann man noch weiter unter ihr Oberteil hineinsehen. Ich will gar nicht hinsehen, aber ihr Körper ist nun mal direkt vor meiner Nase, nur zehn Zentimeter von meiner Nasenspitze entfernt und wegbewegen kann ich mich auch nicht. Die Versuchung ist einfach zu groß. Es macht mich wahnsinnig, zehn Zentimeter von ihrem Gürtel und der Unterseite ihres Bauches entfernt zu sein, aber sowohl nichts tun zu können als auch zu dürfen. „Können", weil meine Hände unter ihren Schuhen sind und sie momentan stemmen. „Dürfen" ist wohl selbstverständlich. Jeder Versuchung, sie berühren zu wollen, machtlos zu sein. Es ärgert mich ungeheuer. Nackte Haut an Helene macht mich sowieso immer wahnsinnig. Schließlich sehe ich ihren flachen Bauch unter dem Oberteil hervorgucken und spüre noch mehr auf mich einfallende Hitze in mein Gesicht strömen. Diese Hitze, die aus ihrem Oberteil hinausströmt, lässt mich auf eine eigenartige Weise erregieren. Während ich ihren Körper bewundere, merke ich, wie sie zu mir herunterschaut, infolgedessen ich rasch meinen Blick verändere und knapp an ihr vorbei zum Baumstamm schaue, als wenn ich das schon die ganze Zeit täte.

*Hat sie etwas bemerkt?*

Ich möchte es zwar nicht wahrhaben, aber insgeheim bin ich mir fast sicher, dass es so ist. Ich schlucke die

Befürchtung runter und laufe nicht großartig rot an. Wenig später ist Helene auf dem Baum angelangt, sodass ich meine Hände wegnehmen und den Dreck von ihnen abklopfen kann. Helene klettert ein Stück aufwärts zum rechten Ast, rüttelt ihn und nach ein paar Malen Rütteln, löst sich der Federball von den Blättern und fällt hinunter ins saftig grüne Gras.

*„Du spielst gut",* rufe ich ihr wenig später zu und versuche mich an Komplimenten. *„Aber nicht so gut wie du",* erwidert sie und lacht. Wir spielen zehn Minuten lang weiter und reden über Schule, über unser Leben, darüber, dass der Wind wieder zugenommen hat und die Bälle daher abdriften, bis ich wie aus dem Nichts eine Gefahr in meinem Augenwinkel auf Helene zukommen sehe und ehe ich irgendwie reagieren kann, *Achtung* rufen kann, ist es auch schon um sie geschehen. Es ertönt ein *Rums,* sie geht hilflos zu Boden und hält sich die Stirn. Und das ereignete sich alles in weniger als einer Ein-Viertel-Sekunde. Panik und Schmerz überkommen mich. Als wenn ich derjenige wäre, der erwischt worden wäre.
   Schockiert spute ich zu ihr.
   *„Helene! Geht's dir gut?!",* rufe ich besorgt.
Was für eine blöde Frage. Aber was soll man in der Situation sonst sagen? *„Alles in Ordnung?"* oder *„Alles okay?"* wäre ja auch nicht besser, *„Hat es sehr weh*

*getan?"* vielleicht… Helene liegt auf dem Rücken im frischen Gras, ihr Gesicht immer noch hell erleuchtet und sie lächelt mich an. Ihr lächelnder Mund schaut unter dem Arm hervor, mit dem sie sich die Stirn reibt, vielleicht liegt er da aber auch, weil die Sonne sie blendet. Ihr hängen ein paar Haarsträhnen im Gesicht über ihren Augen, sanft streiche ich sie mit zittrigen Händen zur Seite über ihr Ohr. Was da auf sie zu kam, war ein hart geschossener Fußball. Schnell rennen die Schuldigen zu ihr hin und entschuldigen sich ausgiebig; es sind die Jugendlichen, die wir von oben beobachten konnten. Sie sehen eigentlich nicht so aus, als würde ihr Schicksal sie wirklich so mitnehmen; sie sehen eher so aus, dass man ihnen zutrauen könnte, sie würden etwas sagen wie *„Dein Pech, wenn du im Weg stehst",* aber vielleicht ist es ja auch ihre Schönheit, die sie, wie mich, verzaubert und dazu veranlasst, sich mehrfach zu entschuldigen.

*„Schon ok",* sagt sie ihnen, währenddessen ich zum Park-Café eile, was nur hundert Meter entfernt ist, um ein kühlendes Tuch zu holen. Es tat so weh mit anzusehen, wie Helene von diesem Ball getroffen wurde. Sie bedeutet mir ungemein viel, merke ich in dem Moment.

*Als, wenn ich das nicht schon gewusst hätte.*

Ich könnte nicht mehr leben, wenn ihr irgendetwas Tragisches zustoßen würde. Oder, wenn wir umziehen würden und ich somit abgeschieden von ihr wäre. Im Café frage ich an der Theke nach einem Küchentuch und nachdem sie mir eins überreicht haben, da ich ihnen gesagt habe, es handele sich um einen Notfall, mache ich es schnell mit dem kältesten Wasser der Toiletten nass. Zwei Minuten später komme ich zu ihr zurück und lege das kalte, feuchte Tuch auf ihre Stirn. Erst tupfe ich es ihr auf die Stirn und dann breite ich es schließlich einmal umgeklappt auf ihrer Stirn aus.

*„Ich konnte Fußball noch nie ausstehen"*, murmelt sie kichernd.

*„Mein Sport ist es auch nicht"*, erwähne ich. Wir sehen uns mindestens eizwei Sekunden lang in die Augen und bewegen uns nicht voneinander weg. Ich sehe mich in ihren Augen spiegeln und es kommt mir vor, als würde die Zeit in dem Moment stillstehen. Sie liegt auf dem Rücken und ich sitze auf meinen Schenkeln über sie gebeugt.

*Gott, sie ist eine solche Schönheit, wie sie da sonnenerleuchtet im Gras liegt.*

Nur mit höchster Selbstbeherrschung gelingt es mir, sie genau in dem Moment nicht zu küssen, der Versuchung zu widerstehen und mit meinen Händen nicht ihren Hals und ihre Wangen zu umgreifen und meine Lippen zu ihren zu führen und aufzupressen. Ich würde es so gern tun, am liebsten energisch, da mein Bedürfnis immens stark ist, allerdings setzt sich der

Geist gegen den Körper durch und hält ihn in Schranken. Ihre Haare haben sich auf dem Gras ausgebreitet, als würden sie wilde Pflanzen sein, die auswuchern. Allerdings haben Pflanzen keine so schöne Farbe wie das glitzernde Kastanienbraun ihrer Haare. Sie hat ihre Augen geschlossen und genießt es von der Sonne angestrahlt zu werden. Ihr bauchfreies Oberteil ist, da sie auf dem Rücken liegt und ihren Bauch streckt, noch bauchfreier geworden und mein Verlangen ist auch noch größer geworden, vor allem, da sie momentan ihre Augen geschlossen hat.

*Ich liebe sie.*

Ich streichle mit einer Hand über ihren Kopf, über ihre Haare, was ich mich in dem Moment einfach mal traue, schließlich ist sie die Verletzte, da nutze ich die Situation einfach mal aus und kümmere mich ausgiebig um sie und taste mich an sie ran, komme ihr dadurch ein wenig näher. Sie am Kopf berührt habe ich schließlich noch nie. Und es sieht so aus, als würde sie meine Berührungen genießen. Als ich meine Hand wieder absetze und stattdessen durch das Gras fasse und einzelne Halme rausrupfe, öffnet sie ihre Augen.

*„Mach ruhig weiter, das ist... angenehm."* Mein Herz pocht in dem Moment doppelt so schnell wie im Normalzustand eines gesunden Menschen. Zum einen freue ich mich, zum anderen schießt das Blut durch meinen gesamten Körper vor Nervosität und mein

Körper fängt leicht an zu zittern. Langsam setze ich wieder an ihrer Stirn an und streiche den Haarfluss entlang bis zu einzelnen Strähnen, die im Gras enden und mache es erneut. Sie hat ihre Augen wieder geschlossen und ich sehe wie sich ihr Brustkorb hebt und senkt. Ihre geschmeidige, zarte, unversehrte Haut, die die Sonne reflektiert, gibt einen wunderschönen Kontrast zu ihren dunklen Haaren. Es ist so schön, sie streicheln zu dürfen, wenn ich dürfte, würde ich das den ganzen Tag machen. Es ist eine tolle Gelegenheit, sie ansehen zu können, während sie die Augen geschlossen hat, ohne also, dass sie etwas mitbekommt.

„*Das wird nur 'ne Beule*", ermutige ich sie, nur damit sie ihre Augen öffnet und ich auch diese bewundern kann, wie sie im Glanz der Sonne aussehen.

„*Ja, bestimmt*", antwortet sie mir und strahlt mich mit ihrem Lächeln an. Ihr Lächeln ist so süß, allein durch ihr Lächeln könnte man sich in sie verlieben.

„*Ich hab 'nen sehr harten Schädel. Da bräuchte es wenn schon eine Abrissbirne, um meinem Kopf einen schlimmen Schaden zuzufügen*", scherzt sie. Ihr Humor. Ich sagte ja, einfach perfekt.

So böse es auch klingt, aus dem kleinen Unfall konnte ich Profit schlagen, ich konnte sie liebevoll streicheln, sie sehr fürsorglich trösten, mich als guter Freund erweisen, der ihr in gefährlichen Situationen, wenn es drauf ankommt, helfen kann und mit allen möglichen Mitteln für sie da ist. Da sie anscheinend keine Lust hat, aufzustehen und liegen bleibt, sich weiterhin der Sonne ergeben will, lege ich mich neben sie. Ich lasse mich langsam ins Grün fallen und merke, wie angenehm es ist, hier so zu liegen und von der Sonne verwöhnt zu werden. Ich spüre wie ein Grashalm meine Wange kitzelt. Da ich sehr nah an ihr liege, spüre ich, wie sich unsere Haare berühren. Ich spüre ihren Körper mehr als deutlich neben mir, ich spüre ihr Atmen, ihre Körperwärme. Langsam schließe ich auch meine Augen...

Nach ein paar Minuten Sonnen, richten wir uns, da es schon relativ spät ist und die Sonne bereits in glühendem Abendrot steht, wieder träge auf und ich stelle fest, in was für eine tief sitzende Müdigkeit mich die Sonnenwärme eingehüllt hat. Helene schaut mich, während ihre Arme sie stützen und ihre Beine nach vorne hin ausgestreckt sind, mit einem beinahe sehnenden Blick an.

*„Danke, Lukas"*, wispert sie mit einer so zarten Stimme, wie ich sie noch nie gehört bekommen habe und beugt sich anschließend zu mir nach vorne. Es ereignet sich alles wie in Zeitlupe. Ich sehe ihren Kopf sich mir nähernd und spüre kurze Zeit später ihre weichen Lippen auf meiner Wange. Hitzewellen

durchströmen meinen Körper. Ihre Lippen sind so warm, dass man meinen könnte, sie hätten in der Zeit, in der Helene da sonnend lag, die Wärme der Sonne eingesogen. Mein Körper prickelt an der Stelle, wo ihre Lippen meine Haut berühren. In mir erwacht plötzlich ein Gefühlssprudel der Hoffnungen. Ein Kuss. Dann hebt sie ihren Arm und berührt zärtlich die inzwischen ziemlich violett gewordene Stelle an meiner rechten Schläfe, dass ich innerlich zerfließe. *„Danke für die schnelle Erste Hilfe und... dass du Henrik vertrieben hast gestern",* flüstert sie, was mich ungemein schmeichelt. Mir wird ganz warm ums Herz. Meine Wangen werden ganz rot vor Verlegenheit. Dieser Gefühlssprudel blubbert allerdings nicht mehr so stark, als die Realität mich einholt und mir einfällt, als ich wieder zu Sinnen komme und auf mein Gehirn zurückgreifen kann, dass sie Marius auch schon mal so einen Kuss gegeben hat, einfach als *„Danke",* aber dennoch war es ein KUSS. Von HELENE. Diesmal rede ich mir nichts schlecht. Den restlichen Tag über bin ich unheimlich glücklich und stolz auf den Kussabdruck des dunkelroten Lippenstifts, den sie auf ihre Lippen aufgetragen hat, auf meiner Wange, was anfangs der Grund dafür war, warum ich mein Gesicht nicht mehr waschen wollte. Ich lasse mich auf mein Bett plumpsen und grinse, während ich den gesamten Tag Revue passieren lasse. Ich komme mir fast ein wenig lächerlich vor, als ich den Kussabdruck im Spiegel betrachte und mein Spiegelbild anlächele. So ein Kuss ist Medizin für jeglichen Kummer, zumindest, wenn er von einer Person stammt, die man heimlich liebt.

Warum bilde ich mir nach dem Kuss etwas ein? Marius hat sie auf die Weise ja auch schon geküsst. Vermutlich ist es der gesamte, wundervolle Tag, der auf mich einwirkt. Eine lange Zeit, in der es nur sie und mich gab. Und es ist vor allem die Kombination aus dem, was Marius mir erzählt hat und dem Kuss, was mich freudig stimmt. Sie *könnte* in mich verliebt sein und sie hat mich geküsst. Sie *hätte* mich ja auch nicht küssen müssen.

Sie hätte es vergessen können oder sie hätte einfach nur „*Danke*" sagen können, wenn sie sich davor ekeln würde, mich zu küssen, aber sie tat es.

Am Abend verabschiedeten Helene und ich uns mit einem „*Bis morgen auf dem Ball dann!*", auf den ich mich natürlich tierisch freue und auf den ich mit einem ganz anderen Gefühl hineingehe. Einem besseren, zuversichtlicheren, noch freudigerem. An diesem Tag sind wir uns nämlich definitiv näher gekommen.

Zuhause ruft mich Marius an, der wissen will, was wir gemacht haben und wie es war, woraufhin ich ihm jedes einzelne Detail erzähle. Marius erzählt mir am Hörer, dass Helene ihm noch nie etwas über ihren

Vater erzählt hat und er ist ganz schockiert, als er von mir erfährt, dass er tot sei.

*Sie hat es niemandem außer mir erzählt?*

Warum mir und nicht Marius, frage ich mich.

Heute Nacht werde ich zwar wieder kein Auge zu bekommen, aber ich werde mich wenigstens glücklich hin und her wälzen.

# Kapitel 8

**M**ein Wecker klingelt schrill, als ich aus meinem Schlaf platze und ihn hektisch ausschalte. Warum benutze ich eigentlich immer den und nicht einen schönen Handy-Weckton? Ein Weckton, bei dem mich Vogelgezwitscher weckt, oder sanfte, angenehme Harfenklänge, melodische Gitarren erklingen? Aber womöglich würde ich dann einfach wieder einschlafen. Ich bin solch eine Schlafmütze, dass ich diese grausame Maschine brauche. Ich schaue nach oben an meine Decke und streiche mit meinen Händen übers Gesicht. In mir lodert die Vorfreude. Heute ist der entscheidende Tag gekommen, das weiß ich natürlich genau. Schließlich habe ich die ganze Nacht an nichts anderes gedacht – an den Ball, wie ich zusammen mit Helene tanze – mit einem Lächeln im Gesicht und dann dachte ich auch noch an den Kuss auf der Wiese und an meine, ich möchte nicht überheblich klingen... Heldentat. Meine Gedanken kreisen inzwischen nur noch um Helene. Doch bevor heute Abend der Tanzball an meiner Schule stattfindet, ist selbstverständlich erstmal Schule. Anstatt wie sonst müde aus meinem Bett zu trotten, springe ich förmlich aus meinem Bett. Aufgeregt, aber auch fröhlich und zuversichtlich bin ich, direkt hellwach und überhaupt nicht müde oder schlapp. Ich hüpfe ins Bad, dusche mich gründlich mit meiner angenehm riechenden, erfrischenden Duft-Duschcreme und mache anschließend meine nassen Haare so zurecht, dass sie, wenn sie trocknen, gut sitzen. Außerdem putze ich mir heute sorgfältig die Zähne. Unbedingt möchte ich heute Abend gut aussehen. Nach all dem fühle ich mich richtig gut, so frisch und rein, und darauf frühstücke ich gut. Ich brauche Kraft und Energie heute, wichtig für so einen Tag ist ein anständiges Frühstück. Das Frühstück verleiht Kraft und bestimmt über meinen Tag. Mein Vater und meine Mutter schlafen heute scheinbar noch, sonst hätten sie bestimmt schon irgendwas gesagt. In meinem Zimmer blicke ich auf die frisch gewaschenen, getrockneten und gebügelten Kleider, die ich heute Abend zum Ball anziehen werde: Ein weißes Hemd und eine schwarze Hose mit Gürtel. Es ist zwar kein Sakko, aber dennoch akzeptable Kleidung für solch eine Veranstaltung. Wir konnten uns eben keinen richtigen Anzug momentan leisten. Als ich aus der Haustür gehe, atme ich die frische, kühle, wachmachende und reinigende Luft ein und stärke mich an ihr. Ich atme Mut, Kraft und Stärke ein, alles das, was ich heute brauche und die Luft durchzieht meinen gesamten Körper im Innern. Die Vögel zwitschern, während man aber dominanter das Geräusch der Autos hört und was einem direkt in die Augen fällt, ist der Schnee. Es schneit ziemlich kräftig und das wahrscheinlich schon ein paar Stunden, da sowohl auf dem Boden als auch auf Autos eine ein paar Zentimeter dicke Schneeschicht liegt. Wohin man nur sieht, man sieht nur weiß. Die ganzen Straßen, die Laternen, die Bäume und Büsche, alles ist zugeschneit. Ein schöner Anblick. Wenn man nach oben schaut, sieht man die dicken Flocken langsam und träge hinuntergleiten und schließlich landet eine auf meiner Nasenspitze. Auf dem Weg zur Schule denke ich über den heutigen Tag nach, über die Schule, wie ich Helene gleich im Klassenraum antreffen werde, aber vor allem über den heutigen Abend. Dieser Tanzball ist eine ziemlich große Veranstaltung, er wird in der riesigen Aula meiner Schule stattfinden. Ich stelle mir vor, dass durch Lautsprecher ertönende Musik durch den Saal hallt und hunderte von Menschen partnerweise, Hand in Hand, miteinander tanzen, sich dabei in die Augen sehen und sich küssen. Ein paar stehen auch an den Getränkeausschänken oder an Essenständen und trinken Sekt, stoßen auf ihre Liebe an. Und dann sehe ich da mich und Helene, wie wir elegant miteinander tanzen – dabei kann ich gar nicht so gut tanzen wie in meiner Vorstellung, daher kann die Vorstellung schon mal gar nicht *so* in Erfüllung gehen – und uns in die Augen sehen, wir uns anlächeln, ich ihren Hals in meine Hände nehme und wir uns schlussendlich küssen, heiß und leidenschaftlich küssen, ihre stilvollen, dunkelroten Lippen und meine sich berühren. Sie trägt eine schwarze Bluse mit einem Knoten in ihrem Ausschnitt und festlichen Rüschenärmeln, dazu natürlich ihr volles, braunes Haar – welches ihr die Schultern herunterreicht und ihre Oberarme bedeckt im Kontrast zu ihrem zärtlichen, weißen Gesicht und überhaupt ihrer blassen, milchigen Haut und sie sieht mich mit ihren gewaltigen, wunderbewegenden Augen an. Während ich mir Helene gerade nur in Gedanken – in einer Art Traum – vorstelle, sehe ich sie dann aber tatsächlich in Realität vor mir.

*Träume ich?* Nein. Nur vier, fünf Meter von mir entfernt läuft sie vor mir denselben Weg entlang. Ich bin bereits vor der Schule, erkenne ich, als ich mich umblicke. Ihr Haar ist genauso intensiv und kräftig wie in meiner Vorstellung. Es ist teils mit feinem Schnee bedeckt und ihre farbkräftigen Haare geben zu dem ganzen Schneeweiß einen starken Farbkontrast. Sie sieht so unfassbar bezaubernd aus. Ich spreche sie nicht direkt

153

an, sondern genieße erst noch den Augenblick, sie ansehen zu dürfen.

„Hey, Helene!", rufe ich dann doch auf den Treppen vor dem Eingangstor, während ich sie aber weiterhin bewundere.

Sie dreht sich um und ich sehe, wie ihre Wangen durch die Kälte errötet sind – ja, es hat sich enorm abgekühlt in den letzten Tagen, wenn man bedenkt, dass es vor vier Tagen noch über zehn Grad plus waren, und mittlerweile schwanken die Temperaturen immer zwischen Minus- und Plusgraden hin und her. „Gott, ist sie schön", murmele ich vor mich hin. Meine Gedanken sind mir versehentlich über die Lippen gekommen und sie hat anscheinend die Lippenbewegung wahrgenommen.

„Was?", fragt sie.

„Nichts", antworte ich schnell.

„Und? Freust du dich schon auf heute Abend?", lächelt sie.

„Klar", antworte ich, woraufhin wir gemeinsam ins Gebäude gehen.

Sie weiß gar nicht, *wie* sehr ich mich freue, auch wenn ich andererseits nervös bin, Angst habe mich zu blamieren – beim Tanzen – oder wenn sie mich auslacht, weil ich nicht küssen kann – falls wir uns küssen würden, wovon ich nicht ausgehe. Das ist nur meine Wunschvorstellung gewesen. Ich würde mich gar nicht trauen, sie zu küssen. Wie auch immer, jedenfalls zaubert es mir ein Lächeln in mein Gesicht, dass sie direkt an den Ball denkt, wenn sie mich erblickt. *Das muss doch etwas Gutes heißen, oder?*


Die Schule ist gerade aus und ich gehe zusammen mit Helene aus dem Schulgebäude. Jetzt ist das Wetter noch viel schöner als heute morgen, denn die Sonne scheint uns geradezu ins Gesicht. Ihre Strahlen dringen durch die von Schnee bedeckten Äste der Bäume hindurch. Das ist eines der schönsten Wetterphänomene: Wenn es schneit und viel Schnee auf dem Boden liegt, aber dennoch die Sonne scheint und uns vor der Kälte befreit. Wer wünscht sich das nicht? Ich werde sogar von ihr geblendet, so tief steht sie nachmittags bereits.

    *„Bis später dann!"*, verabschiedet sie mich.

    *„Ja, ich freue mich..."*, rufe ich ihr zurück, woraufhin wir verschiedene Wege gehen. Ich nach links und sie nach rechts. Ein paar Meter weiter drehe ich mich nochmal um und blicke zu ihr, um sie ein letztes Mal vor dem Tanzabend zu sehen. Sie schaut nicht mehr zurück. Jetzt kann ich an nichts anderes mehr denken, als an heute Abend. Ich male mir die süßesten Träume aus, stelle mir die schönsten Minuten meines Lebens

vor, stelle mir Berührungen vor, Küsse... und versetze mich in eine liebliche Traumwelt.

Tief durchatmen und locker machen, rede ich mir in Gedanken zu, auch wenn mein Herz zittert, muss mein Geist klar bleiben. Es ist 19:46 und bereits um 20:00 fängt der Ball in der Aula meiner Schule an. Ich bin gerade auf dem Weg zur Schule, nervös und angespannt, aber auch enorm glücklich beim Gedanken, dass Helene und ich eine Verabredung haben und gemeinsam auf dem Ball tanzen werden. Vorfreude überkommt mich gebündelt mit schweißtriefender Angst. Das weiße Hemd liegt über meiner schwarzen Hose – auch, wenn mir mein Vater riet, sie in die Hose zu stecken, aber das ist doch altmodisch, oder? Auch, wenn ich überhaupt keine Ahnung habe, was heutzutage modisch ist und was aus der Mode gekommen ist – und ich fand mich, als ich vorhin in den Spiegel gesehen habe, attraktiv. Überhaupt fühle ich mich gerade stolz, stolz darauf, dass ich gleich mit Helene – HELENE – tanzen werde. Ich fühle mich so gut, fast schon überheblich, so wie der Frauenheld irgendeines Films, was natürlich vollkommen schwachsinnig ist, aber Helene ist einfach ein so tolles Mädchen, dass sie diese Gedanken in mir hervorruft. Vorhin schaute ich in meinen Spiegel, fletschte die Zähne, um zu schauen, ob da irgendwelche Krümel zwischen den Zähnen stecken oder am Zahnfleisch kleben, woran ich mich blamieren könnte, aber nichts – rein gar nichts. Wahrscheinlich bin ich dahingehend viel zu paranoid, aber so ist es nun mal, wenn man an der alten Schule ständig ausgelacht wurde – und sich blamiert hat. Aber ich setze mich nur selbst unter Druck durch solche Gedanken. Durch Gedanken wie, dass ich ihr auf die Füße treten könnte, oder, dass ich irgendwelche Essensreste auf der Kleidung oder im Gesicht haben könnte, oder, dass ich vor Aufregung so sehr schwitze, dass ich anfange zu stinken, oder, dass meine Haare komisch aussehen und sich beim Tanzen verändern, sodass die Haare den ganzen Tanz über hässlich liegen, ich es aber selbst nicht merke. All das kann einen in den Wahnsinn treiben. Meine Haare habe ich mehrfach gekämmt, sie sitzen gut und sehen gut aus. Darüber muss ich mir überhaupt keine Gedanken machen. Aufgeregt muss ich eigentlich auch nicht sein. Helene ist eine gute Freundin, ich bin sonst nicht aufgeregt in ihrer Nähe oder, wenn ich irgendwas mit ihr unternehme, aber diese Veranstaltung ist leider.... etwas anderes. *Verdammt.*

Doch ich gehe ganz locker und lässig weiter, schwinge meine Arme mit und blieb einfach so wie ich bin – das ist immer das Beste, was man machen kann, so sein wie man ist und sich nicht probieren zu verstellen, das macht alles nur noch schlimmer. Meistens liebt eine Person einen, weil man so ist, wie man ist, und sie möchte gar nicht, dass man sich verstellt. Bisher war ich nämlich auch immer so, wie ich bin und voilá: sie mochte mich. An meiner Schule angekommen, sehe ich bereits diverse Personen in Kleidern, Röcken oder Blusen, aber auch in Anzügen, Smokings, Sakkos, zum Glück tragen ein paar auch nur ein weißes Hemd so wie ich. Meine Armbanduhr zeigt 19:50: Also bin ich perfekt in der Zeit. Im Gebäude drinnen dröhnt aus der Aula bereits Musik in die Eingangshalle, scheinbar hat es schon angefangen oder es ist nur ein Musiktest. Im Foyer stehen viele Essensstände, mit Salaten, Waffeln, Getränken – alkoholischen und nicht alkoholischen, Würstchen und Kartoffelpuffern. Aber auch gefährliches Süßzeug wie Kuchen und Küchlein, Bonbons, und kleine Torten. Überall tummeln sich Menschen rum, allein das Foyer ist voller Menschen – voller festlich gekleideten Menschen – in Feierlaune. Ich erkenne viele Schüler der Schule wieder, aber ich sehe auch ältere Leute, vielleicht Eltern der Kinder oder Freunde der Eltern der Kinder oder eben Fremde, die die Aushänge gesehen haben oder einen Flyer in die Hand gedrückt bekommen haben. Schließlich sehe ich Marius, der auf der Treppe sitzt und mit seinem Schuh den Rhythmus der Musik, die aus der Aula dröhnt, mit tippt.

„*Marius!*" Er hebt seinen Blick und erblickt mich.

„*Na? Hast du nicht eine Verabredung mit Helene?*", fragt er mich, während er mir zuzwinkert. Ich antworte nicht, sondern nicke ihm nur zu und atme ganz tief ein und aus und dann gehe ich rechts an ihm die alten, breiten Steinstufen hinauf Richtung Aula.

„*Na, dann, viel Spaß.... und Erfolg. Ich glaub' an dich!*", ruft er mir auf den Weg gebend zu, was mich nur noch nervöser macht.

Ich weiß nicht, was mich dort erwartet und merke, dass ich ein wenig schwitze. Mir wird warm und mein gesamter Körper produziert eine dünne Schweißschicht auf der Haut und ich fühle die Aufregung in meinem Körper brodeln. Mein Herz pulsiert in hoher Frequenz. Das ganze Schulgebäude ist weihnachtlich geschmückt, künstlicher Schnee liegt auf Fensterbänken und Wattekügelchen baumeln von der Decke, es stehen überall kleine Tannen oder Fichten mit Kugeln, Lametta und Lichterketten geschmückt und überall brennen alte, rote, rustikale Kerzen. Außerdem ist mindestens einmal auf jedem Gang eine kleine Box gestellt worden, durch die Weihnachtsmusik abgespielt wird. Mal „Leise rieselt der Schnee", mal „O Tannenbaum", mal „Last

Christmas." Etwa zehn Meter vom Treppenaufgang entfernt, befindet sich die riesige Tür der Aula, die aus massivem, harten Holz, vielleicht Eiche oder Eibe, besteht, grün angestrichen ist und bereits offensteht und durch welche bereits eine Menge Leute hinein und hinausgehen. Die Musik wird jeden Schritt, den ich mich der Tür nähere, lauter. Zügigen Schritts laufe ich dann durch den Türrahmen, doch davor schaue ich noch kurz auf die Uhr. Es ist mittlerweile 19:57, vielleicht geht aber auch einfach meine Uhr falsch, deshalb gehe ich schleunigst rein. Pünktlichkeit ist die oberste Priorität, heißt es ja bekanntlich. Dann stehe ich mit beiden Füßen in der Aula und lasse meinen Blick durch den Saal entlangwandern. Auch, wenn ich meine Aula sehr gut kenne, schaue ich mich gründlich um, da sie dem Anlass entsprechend weihnachtlich und festlich neu dekoriert wurde. Ich erhasche die Blicke all möglicher bekannter und unbekannter Leute. Keine Helene bisher. Es ist dermaßen voll, fast schon zu voll für unsere Aula, auch wenn das kaum vorstellbar ist. Die meisten tummeln sich an den Bars an den Seiten der Aula herum, an denen Wein, Sekt, Likör und ähnliches ausgeschenkt wird; die meisten Erwachsenen stehen dort, obwohl ich sowieso *dafür*, dass es eine Schulveranstaltung ist, sehr wenig Kinder und Jugendliche sehe. Tanzen tut jedenfalls noch niemand. Scheinbar bin ich gerade richtig gekommen und es fängt erst gleich an. Die Musik dröhnt hier sehr laut, das Dröhnen wird durch den Hall aufgrund der enormen Größe der Aula noch verstärkt. Die ist ein großer Saal mit einem so verdammt großen und vor allem hellen Kronleuchter an der Decke, dass er die ganze Aula mit sonnenhellem Licht erstrahlen lässt und fast ein Zehntel der Decke ausmacht. Als sich mein Blick zur Eingangstür richtet und ich beobachte, wer noch alles kommt und die Aula somit zum Platzen bringt, sehe ich, wie unser Schuldirektor mit Mikrofon in der Hand eintritt und sich nebenbei rege mit irgendwelchen Eltern, schätze ich, unterhält. Herr Stießer heißt unser Direktor, ein dicker Mann mit Schweinsnase, Brille und Schnauzer. Obwohl er gewöhnungsbedürftig aussieht, ist er doch immer sehr freundlich. Er unterrichtet meine Klasse in Geographie und Geschichte und er bewertet jedenfalls sehr angemessen, gerecht und befürwortet oder benachteiligt niemanden. Herr Stießer steigt auf ein Holzpodest und er macht den Anschein, als wenn er gleich anfangen möchte zu sprechen. Ich schaue auf die Uhr: Genau 20:00 Uhr. Ich blicke mich die ganze Zeit über rege um, ob ich Helene sehe. Erfolglos. Entweder sie ist noch nicht eingetroffen, oder – das halte ich für wahrscheinlicher – bei der Anzahl an Menschen übersehe ich sie oder sie steht in irgendeiner Ecke und wird von der Menschenmasse verdeckt. Überall quasseln Menschen, man bräuchte Ohrstöpsel, die am Eingang verteilt werden müssten. Wenn wenigstens die Musik ausgeschaltet wäre, bis die eigentliche Veranstaltung beginnt. *So* laut wie es ist, ist es sicherlich schwierig, überhaupt sein eigenes Wort zu verstehen, ich probiere es aber nicht aus, sondern schaue nach vorne zum Podest zu Herrn Stießer, der zu seiner Begrüßungsrede ansetzt. *Pünktlich, pünktlich.*

*„Sooo, liebe Gäste!",* fängt Herr Stießer an, doch auf seine Begrüßung folgt ein lautes Fiepen durch die dicken Lautsprecher, die an den Ecken des Saals hängen und ein Verziehen der Gesichter oder ein Zuhalten der Ohren im Publikum.

*„Oh, Verzeihung! Ich bitte vielmals um Entschuldigung, das war ein kleiner technischer Aussetzer",* entschuldigt er sich.

Es ist ungelogen jedes Mal so, dass, wenn jemand auf einer großen Veranstaltung spricht, die Mikrofone dieses unangenehme Fiepen von sich geben. Das ist schon fast eine Tradition unserer Schule.

*„Ich danke euch, dass Sie so zahlreich erschienen sind und begrüße Sie alle herzlich und möchte auch gar nicht so viel reden, aber ganz kurz zur Organisation, damit sie Bescheid wissen, wie das Ganze ablaufen wird..."*

Herr Stießer ist eine Labertasche in Menschengestalt, im Unterricht genauso: Er sagt, er würde nicht viel reden, tut es dann aber doch, und wie. Manchmal verquasselt er eine komplette Unterrichtsstunde und schweift so dermaßen aus, ohne einmal uns Schüler einzubeziehen.

Ich gehe ununterbrochen auf Helene-Schau, aber ich sehe sie nirgends. Wo ist sie denn? Ich laufe suchend durch den Saal, zwänge mich an massig Menschen entlang und suche gründlichst jeden Winkel ab. Mist. Hitze überkommt mich, da der Raum wegen der vielen Menschen sehr aufgeheizt ist.

Plötzlich mache ich mir die schlimmsten Gedanken: Vielleicht hat Helene verschlafen oder sie ist kurzfristig erkrankt? Doch das ist sehr unwahrscheinlich. Schließlich ist es erst kurz nach acht, sie würde bestimmt noch kommen, falls sie noch nicht da ist.

„.... *Es gibt, wie Sie wissen*", fährt er in monotonem Ton fort *„eine Herren- und eine Damenwahl. Wir werden gleich erstmal mit der Damenwahl beginnen. Bei der Damenwahl dürfen sich alle Damen jeweils einen Herren aussuchen...kennen Sie sicherlich. Ganz klassisch läuft das hier bei uns. Vielleicht stellen sich die Damen schon mal in einer Reihe auf"*, erklärt er, deutet auf die gegenüberliegende Seite der Aula und zeichnet eine Linie in die Luft.

Mein erster Gedanke ist, das würde doch niemals hinhauen, hier befinden sich so viele Frauen, es ginge nicht, dass alle in einer geraden Reihe stehen können; dafür ist selbst unsere Aula zu klein. Die Menschenmasse setzt sich in Bewegung. Letztlich habe ich tatsächlich recht, es wurde eher ein Halbbogen als ein Kreis, das ist ja aber auch egal, beim Tanzen können sich alle im Raum verteilen. Was mir eher Kummer bereitet, ist, dass Helene immer noch nicht da ist. Ich schwitze im Gesicht nicht nur wegen der Wärme, sondern auch wegen der Nervosität und der Anstrengung des vielen Suchens. Ich gehe trotz fehlenden Sichtens Helenes in Richtung der Reihe, wo sich so allmählich alle Herren positionieren, um von einer Dame ausgewählt zu werden.

*Wo ist sie?*

Und wenn sie erkrankt ist oder ähnliches, warum sagt sie mir dann nicht Bescheid? Sie hat meine Nummer. Zur Sicherheit blicke ich auf mein Handy, aber stecke es sogleich wieder in meine Hosentasche. Fehlanzeige. Schließlich bin ich nur ihretwegen hierhergekommen. Sie kann mich jetzt nicht im Stich lassen. 20:09. Doch dann, als ich ein letztes Mal auf die Eingangstür blicke, stöhne ich erleichtert auf, denn ich sehe, wie sie eilend eintritt und sich dann schnell einreihen möchte.

Sie trägt zwar keine schwarze Bluse, aber ein wunderschönes violettgraues Abendkleid. Sie sieht heute Abend wieder so umwerfend aus. Ich kann mir gar nicht vorstellen, dass sie mich gleich auserkiesen wird und mit mir tanzen wird. Prinzipiell muss ich gar nicht mehr erwähnen, dass sie perfekt aussieht, da sie es immer tut, und zwar eben deshalb, weil sie kein schickimicki-Kleid anzieht, keinen Wert auf künstliche Beschönigung ihres Gesichts oder anderweitiges legt. Wobei sie es eben auch überhaupt nicht nötig hat, sie muss sich nicht auftakeln, um gut auszusehen, es würde ihrer Naturschönheit eher schaden. Dementsprechend hat sie sich heute eben nicht wie gefühlt 99,9% der anderen Frauen oder Mädchen aufgebrezelt und eine Tonne Schminke in ihr Gesicht gekippt, sondern ist mal wieder ungeschminkt und ihre reine, unversehrte Haut leuchtet mir nur so entgegen. Sie sieht so viel schöner aus als alle in dieser Aula. Ich warte darauf, dass sie mich begrüßt und ich winke ihr auch zu, doch sie sieht mich dem Anschein nach nicht, da sie nicht reagiert. Trotzdem schaut sie sich nach mir um, so denke ich zumindest. Sie schaut durch die lange Reihe der Herren, doch ihr Blick schweift an mir vorbei.

*Hat sie mich nicht gesehen?*

Nochmal winke ich ihr, doch erneut erhalte ich keine Reaktion von ihr. Plötzlich mache ich eine erniedrigende Beobachtung. Es sah die ganze Zeit schon so aus, als würde sie nach einer anderen Person suchen und mein Verdacht bestätigt sich einige Sekunden später. Denn ganz ruckartig hält ihr schweifender Blick an und sie winkt einem anderen Jungen zu. Ich blicke dorthin, wo sie hinblickt- und winkt und erblicke einen zurückwinkenden, grinsenden Jungen. Wer ist dieser Junge? Ich mustere ihn so gut es geht auf die Distanz, denn er ist mehrere Meter von mir entfernt, zwischen ihm und mir stehen sicherlich dreißig, vierzig andere Jungen oder Männer. Er ist älter als ich, mindestens drei Jahre, wenn nicht vier, er ist also sicherlich bereits volljährig und studiert und ist somit kein Schüler dieser Schule mehr, zumal ich ihn auch noch nie gesehen habe. Ihm wächst ein Bart und er ist mindestens einen Kopf größer als ich, wenn nicht zwei.

*Wer ist das?*

Pechschwarze Strähnen fallen ihm ins kreidebleiche Gesicht. Das ist bestimmt einer, der nie raus geht, sondern den ganzen Tag lang Computerspiele spielt, sage ich mir in Gedanken, um ihn schlecht zu reden; dennoch ist er – so liebend gerne ich das abstreiten würde – im Gesamteindruck gutaussehend, vor allem sieht er sehr kräftig gebaut aus. Er ist sicherlich sehr muskulös, was einen Wind von Eifersucht durch meinen Körper haucht. Unter seinem Anzug erahnt man die Wölbung seiner beeindruckenden Brustmuskulatur. Und schon wieder mache ich mir Vorwürfe, dieser muskulöse Junge mit Bart würde viel besser zu ihr passen, als ich kindlicher Winzling. Doch kurz bevor sie auswuchern, kann ich sie zum Glück stoppen. Es verunsichert und enttäuscht mich, dass sie ihm zuwinkt, er ihr zurückwinkt und sie sich anlächeln, anstatt, dass wir das tun, und, dass sie sich wohl gut kennen.

*Ist das etwa ihr Freund?*

Wenn er potthässlich wäre, dann würde ich mir sicher sein können, er ist nicht ihr Freund. Sie würde keinen hässlichen Jungen zum Freund nehmen. So wie die Jungen ihr zu Füßen liegen, ja sogar ihre Füße küssen, hätte sie eine riesige Auswahl an *gutaussehenden* Jungen. Er ist zwar dem Anschein nach sehr alt, aber ich kann mir sehr gut vorstellen, dass Helene selbst die Zwanzigjährigen erobern könnte und deren Herz rauben könnte. Wahrscheinlich strecken selbst die ihr die Zunge raus und hecheln ihr hinterher wie Hunde, die ihrem Herrchen oder Frauchen hinterherdackeln. Naja, winken kann sie ihm ja soviel sie möchte. Hauptsache tanzen werde *ich* mit ihr und nicht *er.* Meine Knie schlackern ein wenig und ich beiße mir auf die Unterlippe. *Jetzt musst du tapfer sein, Lukas.* Gleich würden sämtliche Frauen auf die Männerreihe losmarschieren, Helene würde mich aussuchen und ich würde mit ihr tanzen, wie vorgesehen. So stelle ich mir die Situation vor. Helene reiht sich in die Damenreihe ein und blickt jetzt zur Männerreihe hinüber, seltsamerweise schaut sie aber nicht *mich* an, sondern wieder diesen Jungen. Ich fühle mich ignoriert, nicht wahrgenommen, uninteressant, dabei war ich gerade noch ganz selbstbewusst. Der Direktor gibt ein Signal und dann stolzieren die Damen los in unsere Richtung, um sich einen Herren auszusuchen. Mein Blick liegt die ganze Zeit auf Helenes Gesicht und ich erschaudere, als sie mir fast keinen einzigen Blick gewährt, sondern beinahe ausschließlich diesem Jungen. Verunsicherung und Wut qualmen in mir auf. Die Musik wechselt abrupt und gewinnt plötzlich immens an Lautstärke. Aber es ist eine, die auch einen Rhythmus besitzt, bei dem man mitwippen muss – somit eine gute Musik fürs Tanzen – und eine vom Tempo angestiegene. Diese hat viel mehr Schwung und Leidenschaft. Das finde ich gut. Helene geht auf unsere Reihe zu und ich hoffe bis zur letzten Sekunde, sie würde zu mir laufen und mir die Hand ausstrecken, so wie abgemacht, doch immer mehr geht sie in die falsche Richtung. In Richtung…. dieses Jungen, der sie mit seinem hässlichen Grinsen empfängt. Sie hat mir gesagt, sie würde mit mir tanzen!

*Was soll das?*

Ich blicke wieder zu dem Jungen herüber und dann wieder zu Helene, beide sehen sich in die Augen und lächeln sich an. Sie scheinen sich vertraut zu sein. *Eine Katastrophe.* Wut fängt an in mir zu brodeln. Wie in einem Vulkan, der nicht mehr lange bräuchte und in Kürze ausbrechen könnte. Ich beobachte das Verhalten der beiden genauestens: Helene geht auf ihn zu, springt ihm förmlich in die Arme und umarmt ihn kräftig. Ich will so tun, als würde es mir egal sein, ist es aber nicht. Nein, im Gegenteil. Eine Welt zerbricht in mir. Anstatt mit mir zu tanzen, wie sie es versprochen hat, tanzt sie mit einem anderen und lässt mich hier wie geliefert, aber nicht abgeholt stehen. So ist es ja auch. Ich wurde eiskalt abserviert. *Nicht mit mir!*

Ein Wutfeuer entfacht in meinem Körper. Mein Körper wird innerhalb weniger Sekunden tiefrot, aber diesmal nicht, weil mir etwas peinlich ist oder ich nervös bin, sondern vor Wut. Wie als wenn dieses Feuer der Wut in meinem Körper durch die Haut hindurchschimmern würde. Nachdem alle Partner zusammengefunden haben, stelle ich fest, dass jeder der Männer meiner Reihe eine Frau der anderen Reihe bekommen hat, außer mir.

*Das darf nicht wahr sein!*

Um mich herum befindet sich im Umkreis von fünf Metern niemand. In mir steigt die Hitze hoch, ich schwitze wie verrückt und als ich mich umgucke, sehe ich lauter lachende Gesichter. Ich fühle mich so einsam und erbärmlich. Am liebsten hätte ich an der Stelle geweint oder hätte Helene *„Du hast gesagt, du tanzt mit mir!"* zugeschrien, was allerdings sehr kindisch geklungen hätte. Diese Szenerie erinnert mich an meine alte Schule, wenn wir Gruppen für eine Gruppenarbeit bilden sollten. Niemand wollte mich haben und ich blieb immer als letzter übrig, oder, wenn beim Sportunterricht Mannschaften eingeteilt wurden. Oder, wenn wir uns unsere Sitzplätze aussuchen sollten, sich niemand neben mich setzen wollte und meine komplette Reihe stets leer blieb.

*Als hätte ich eine Krankheit.*

Aber das hier ist mein Neuanfang! Die erste Schule, auf der ich richtig gute Freunde gefunden habe, und dennoch kann ich Schlüsse zu meiner alten Schule ziehen. Wie angewurzelt stehe ich auf der Stelle, und es ist mir alles äußerst unangenehm. Das macht mich nur noch wütender auf Helene. Dadurch, dass sie sich jetzt nicht für mich, sondern für den anderen entschieden hat, bin ich als einziger „Herr" übriggeblieben. Und es kümmert sie nicht mal, es interessiert sie einen Kehricht, dass sie mich verletzt hat, sie interessiert sich nicht für mich!

*Da habe ich endlich den Beweis!*

Voller aufsteigender Emotionen habe ich gar nicht mitbekommen, dass sich mir Herr Stießer genähert hat.

*„Na, niemanden abbekommen? Mach' dir nichts draus, bei der nächsten Runde findet sich bestimmt was",* sagt er, während er auf meine Schulter klopft und hässlich lacht. Er ist ein so liebreizender Mensch, und ich bin mir sicher, dass er das ganz und gar nicht böse meint, ich empfinde es aber so und kann ihn gerade keineswegs leiden. Fast wäre mir ein *„Halt den Mund"* rausgerutscht, dann fällt mir zum Glück doch noch ein, dass mein Schuldirekter vor mir steht. Die Augen zusammengekniffen, blicke ich wieder zu den beiden, wie sie tanzen, sich in die Augen sehen, lachen, nett miteinander reden.

*Das hätten wir sein können.*

Seine großen, muskulösen, mit aus der Haut hervortretenden Adern bestückten Händen berühren ihren Körper so weit oberhalb ihrer Taille, fast schon im Brustbereich, dass man denken könnte, die beiden stehen sich bereits sehr, sehr nah. Sie sah mich, sie wusste, sie hatte mir versprochen, sie würde mit mir tanzen und dennoch tanzt sie mit diesem anderen Jungen, vor meinen Augen. Provokation? Absicht? Am liebsten würde ich dazwischen gehen und sie voneinander trennen, ihren ... Freund und sie. Aber was ich dann zu Gesicht bekomme, verdrängt alles bisher

Gesehene. Der Junge, von dem ich keine Ahnung habe, wer er ist, und Helene... küssen sich, auf den Mund, zwar nur kurz, aber... sie *küssen* sich auf den *Mund.* Mit offenem Mund beobachte ich sie, während ich immer noch auf derselben Stelle stehe. Mein Herz fühlt sich an wie zweimal durchstochen und zerrissen. Der Vulkan bricht endgültig in mir aus, äußerlich jedoch dringt nur die Hitze des im Körper eruptierenden Vulkans durch. Meine Haut muss sich heiß anfühlen, jedenfalls fühle ich mich gerade richtig heiß und würde am liebsten in eiskaltes Wasser springen oder in einen Kühlschrank steigen. Während ich da so zu ihnen hinblicke, dreht Helene ihren Kopf in meine Richtung und schaut zu mir. Ein Funken Hoffnung steigt wieder in mir auf, aber was ich sehe, demütigt mich nur noch mehr. Sie lächelt finster. Sie grinst zu mir, sie.... lacht mich aus?! Zuerst kann ich gar nicht glauben, was ich sehe, aber es ist zweifellos...
*Was zur Hölle?*
Sie renkt ihren Kopf nach links und lächelt schadenfroh zu mir rüber! Das so schöne Funkeln ihrer Augen und ihr einst süßes Lächeln wandelt sich in Boshaftigkeit. Normalerweise wäre ich jetzt nur noch traurig gewesen, durch meine Entwicklung jedoch ist vor allem Wut dazugekommen. Mein Herz implodiert. Das ist das I-Pünktchen, was das Fass zum Überlaufen gebracht hat. Stampfen und schreien will ich, meine

aufgestaute Wut rauslassen, stattdessen gehe ich
wutentbrannt und lauten Schritts raus, so, dass Helene
das sehen soll. Sehen soll, dass sie einen großen
Fehler begangen hat, mich so fallen zu lassen. Im
Türrahmen blicke ich noch einmal kurz zu ihr rüber
Hand in Hand mit ihrem Freund tanzend, von dem ich
nichts geahnt habe und dann gehe ich weiterhin
zornig und zügig raus. Das will ich mir unter keinen
Umständen bieten lassen. Zum ersten Mal bin ich
wütend auf Helene, und wie. Ich weiß gar nicht, ob ich
jemals so wütend auf eine Person war. Tagelang habe
ich mich auf diesen Abend gefreut, mir Hoffnungen
gemacht und alles zerplatzt, wie Luftballons, die man
mit einer Nadel zerpiekt, und das laute Geräusch, das
die Luftballons von sich geben, wenn sie platzen, sind
die Wutschreie, die ich im Augenblick nur zu gerne
geben würde. Ich hatte Angst mich beim Tanzen zu
blamieren, zu sehr zu verkrampfen, hatte Angst, dass
ich, wenn es so weit kommen sollte, mich beim Kuss
blamieren könnte, machte mir so viele Gedanken über
*nichts*, alles umsonst, das ist schlimmer als alle
negativen Gedanken, die mir je durch den Kopf gingen.
Wie konnte ich nur denken, dass sie möglicherweise
auch in mich verliebt sei?
*Du hast dich mal wieder getäuscht.*
Wir hatten letztens einen schönen Tag, aber nur als
Freunde! Ich habe sie vor diesem Henrik gerettet, weil

wir Freunde sind. Sie hat mich auf die Wange geküsst, weil wir Freunde sind. Wir haben uns zu diesem Ball verabredet, weil wir Freunde sind. Verdammt, sie begreift nicht, was ich für sie empfinde! Diese Schule hat mein Leben komplett verändert, ich habe gelernt meine Schüchternheit abzulegen und mutierte zu einem immerzu fröhlichen Menschen, einem glücklichen Menschen, ohne Hemmungen und mit ganz tollen Freunden. Die Art, wie ich spreche und mich verhalte, veränderte sich ins Positive, ich bin nicht mehr so verklemmt. Nicht mehr gefangen in einer Vitrine aus Panzerglas, durch das nur meine Eltern hindurchschießen konnten, um mir frische Sauerstoffkonserven zu reichen, die ich bitter nötig hatte, da ich sonst erstickt wäre, sondern viel freier und offener. Ich bin nicht mehr so angespannt und nervös bei Vorträgen, da ich nicht mehr die Angst haben muss, ausgelacht zu werden, zusammenfassend kann man sagen: Mein Selbstbewusstsein wurde gestärkt. Ich erfuhr so etwas wie Beliebtheit: Mich sprechen Leute in der Pause an, während sie damals immer bloß Abstand hielten, ich äußere ganz frei und hemmungslos meine Meinung, anstatt bloß still dazuhocken und zu lauschen und einfach nur zu akzeptieren. Ich lernte, zu hinterfragen und auch den Mut zu haben, zu hinterfragen. Außerdem verbesserten sich meine Noten ungemein, was natürlich die

Auswirkung dessen ist. Aber von Helene wurde ich nun zutiefst enttäuscht.

*Ich will sie nie wieder sehen.*

Wie konnte ich ihr vertrauen? Warum habe ich ihr meine tiefsten Geheimnisse anvertraut?

Zürnend stolpere ich die Treppe herunter und falle nach vorne auf meine Hände. Um ein Haar wäre ich auf mein Gesicht gefallen und hätte mich übel zugerichtet. Mein Körper plumpst seitlich auf den harten Boden und ich sehe Marius im Augenwinkel zu mir schauend. Das gibt einen mächtigen blauen Fleck an meiner Hüfte. Ich gebe ein schmerzliches Stöhnen von mir.

*„Hoppla!"*, ruft er. Er sitzt immer noch auf der Treppe und döst vor sich hin. *„Alles in Ordnung?"*, er steht auf, kommt zu mir und reicht mir seine Hand, damit ich mich aufrichten kann.

*„Ja"*, murmele ich fast unverständlich.

*„Was machst du denn hier, warum bist du nicht bei Helene?"*, fragt er besorgt. Währenddessen erhole ich mich vom Schock und gehe die Treppen abwärts, Marius folgt mir.

*„Die kann mich mal"*, rufe ich ihm abwertend zu.

*„Gab es Streit?"*

*„Sowas ähnliches"*, schnaube ich.

*„Nun sag schon, was ist passiert?"*, fragt er dringlich.

„Die tanzt mit 'nem anderen und knutscht vor meinen Augen mit dem rum", erkläre ich beleidigt.

Er schaut mich kritisch an. „Was?", er schaut so, als wenn er selbst traurig wäre, weil er als Beziehungsberater versagt hat, „Oh, das tut mir leid für dich, Luki..", sagt er schließlich tröstlich, mit sanfter Stimme, genauso wie mein Vater damals, als ich die halbe Nacht lang geweint habe – und zwar Marius wegen.

„Wer ist denn dieser andere?"

„Keine Ahnung, irgend so ein muskulöser Typ mit schwarzen Haaren und ganz heller, bleicher Haut. Soll sie den doch rumknutschen wie sie will", sage ich ihm, als wenn es mich nicht interessieren würde, dabei schwirrt mir die Liebesszene immer noch im Kopf herum und zwingt mich in die Knie vor Verzweiflung, und das weiß Marius ganz genau.

„Hm... kenn ich nicht, und du glaubst jetzt, das ist ihr Freund und bist sauer, weil sie dich hat sitzen lassen, stimmt's?" Marius legt seine Hand auf meine Schulter und versucht mich zu beruhigen.

„Ja, na klar, ich meine... ich koche vor Wut, aber das Schlimmste ist, dass sie mir erst sagt, dass sie mit **mir** tanzt und dann vor meinen Augen jemand anderen aussucht, einen, dem sie dem Anschein nach sehr mag und die sich von ihm begrabschen lässt und den sie auch noch küsst. Und alles vor meinen Augen. Ich...

*und dann lacht sie mich auch noch aus und grinst schadenfroh zu mir rüber",* ich gehe auf und ab, denn wenn ich auf einer Stelle stehen würde, würde ich überkochen, *„...als wenn sie mich absichtlich kränken möchte",* schluchze ich diesmal bedrückt. Ich muss mich zusammenreißen, sonst würden mir Tränen gekommen, so mitgenommen hat mich die ganze Situation. Helene bedeutet mir einfach zu viel. Aber vor Marius darf ich nicht oder möchte ich ungern Tränen fließen lassen, also reiße ich mich zusammen.

*„Beruhige dich erstmal... das kann ich mir bei Helene aber beim besten Willen nicht vorstellen. Vielleicht war das einfach ein Missverständnis?"* Ich blicke ihn ungläubig und kopfschüttelnd an.

*„Pfff, wohl kaum. Und morgen bei der Aufführung werde ich konsequent* **nicht** *ihre Hand berühren, dass sie ja nicht denkt, ich wolle irgendetwas von ihr...",* rufe ich frustriert. Es tut weh, so über Helene zu sprechen, aber Helene soll merken, dass sie nicht alles mit mir machen kann. Ich bin kein Typ, der sich so etwas gefallen lässt!

*Ich habe eine Würde!*

Ich wurde schon oft genug zu Boden gehauen, doch jetzt habe ich Kraft gesammelt und wehre mich endlich mal gegen derartige Versuche, auch, wenn es dabei um Helene geht. Wie konnte ich mich so in Helene täuschen? Ich begreife es immer noch nicht.

Tränen gerührt, aber weiterhin brodelnd vor Wut, gehe ich schließlich an Marius vorbei, verabschiede mich noch kurz von ihm und gehe aus der Tür.

*„Warte mal!"*, ruft er mir zu, während ich gerade aus der Tür gehen will.

*„Ja?"* Ich gehe wieder einige Schritte hinein und blicke wieder zu ihm auf.

*„Vielleicht spielt sie ein Spiel mit dir…"*, überlegt er, *„und jetzt… hat sie das Spiel gewonnen! Sie hat bewiesen, dass sie stärker ist! Überleg' doch mal… Sie hat dich eifersüchtig gemacht, richtig? Genau jetzt darfst du nicht untergehen und musst standhalten! Sie auch eifersüchtig machen! Das ist vielleicht wirklich alles ein Spiel!"*, erklärt er mir gutwillig. Er macht sich wirklich einen Kopf über mich, das schätze ich sehr. Ich wusste immer schon, na ja fast immer, dass Marius ein Freund ist, den man nicht überall findet. Vielleicht hat er aber auch nur seinen Beruf als Beziehungsberater noch nicht aufgegeben.

*„Ne, lass mal, da hab' ich echt keinen Bock drauf… Soll sie eben gewinnen, dafür verliert sie mich, falls sie irgendwas an mir fand"*, rufe ich ihm beleidigt zurück.

*„Ja, und genau das wollte sie damit wahrscheinlich nicht erreichen! Eher zeigt ihr das jetzt, dass du sehr kränklich und empfindlich bist. Helene steht sicherlich auf robuste Kerle!"*, ruft er mir erfahrungsvoll zu.

*Na, wenn das so ist, kann ich das mit ihr ja gleich vergessen.*

Ich bin kein robuster Kerl.

Theoretisch könnte man sich bei Helene wirklich vorstellen, dass sie mich eifersüchtig machen wollte und mit einem anderen Typ tanzt, der ihr sehr auf die Pelle rückt. Die *Möglichkeiten* hat sie ja. Sie ist *der* Männerschwarm, ein beliebtes und auch für andere *sehr* attraktives Mädchen, für das die die Hälfte aller Jungen auf dieser Schule schwärmen. Das stelle ich jeden Tag umso mehr selbst fest, dabei bin ich noch gar nicht lange auf dieser Schule, da ich immer wieder Jungencliquen höre, die sich in Helenes Nähe über sie unterhalten und ziemlich unangebrachte Dinge wie *„Geil, ist die heiß, oder?"* sagen, was ich ziemlich abfällig finde. Am liebsten würde ich mich dann immer einmischen, allerdings sollte man sich mit einer aus sechs übel dreinblickenden, rauchenden Mitgliedern bestehenden Clique lieber nicht anlegen. Oder, wenn ich in die Kommentare von Bildern, die Helene auf sozialen Netzwerken hochlädt, schaue und ziemlich viele positive Kommentare, welche ihr Äußeres betreffen, entdecke, besonders häufig das Wort „Model", vor allem auf einem Foto, auf der sie eine Sonnenbrille trägt und irgendwo in Italien am Mittelmeer posiert.

Aus diesem Grund war es für mich ja auch so schockierend, als Marius mir berichtete, dass Helene mich heimlich ansieht. Der Gedanke war lieblich, aber Vergangenheit. Vielleicht sollte ich froh sein, dass ich diese Zeit überhaupt haben durfte? Allerdings ist der Aufprall umso härter.

So gut wie sie aussieht, könnte sie diesen dahergelaufenen Jungen becirct haben, von ihrer Schönheit bezaubert haben, dass sie sich so nahe kamen, er mitspielte und sie sich letztendlich küssten. Praktisch jedoch kann ich mir das bei Helene nicht vorstellen, auch wenn ich sie nicht lange kenne. Dahingehend behaupte ich, Helene besser zu kennen als Marius. Warum sollte sie so gemein mir gegenüber sein? Das habe ich doch überhaupt nicht verdient oder habe ich ihr irgendetwas getan? Dazu kommt ja noch, dass sie zu mir geschaut hat, während sie mich fallen lassen hat. Die Qual war noch nicht alles, Helene musste noch weiter gehen und mich zudem noch demütigen. Das war für mich definitiv kein Spiel, selbst, wenn, was nicht der Fall ist, es für Helene eines war. Wenn die Erklärung aber eine andere ist, dann nur die, dass sie mich fertig machen wollte, quälen und demütigen wollte. Sie hat bereits anderen Jungen das Herz gebrochen, bestes Beispiel: Henrik.

*„Das hat sie damit aber nun mal erreicht! Sie darf das Risiko eben nicht eingehen. Man kann sich doch*

denken, *dass da manche so und manche so reagieren. Da hat sie eben Pech gehabt....*

*Immerhin weiß sie jetzt, dass ich empfindlich bin, kein harter Kerl bin und man so was nicht mit mir macht!"*
Jetzt lasse ich meine Wut auch noch an Marius aus und schreie *ihn* an – vor allem der letzte Abschnitt des Satzes war für meinen Geschmack etwas zu laut, verdammt, dabei will er mir nur helfen. Nur ist Helene ja jetzt leider nicht da, sondern tanzt ein Stockwerk über mir mit ihrem neuen Freund. *Sie* will ich anschreien! Da Marius nichts mehr hinzuzufügen hat, erheben wir kurz unsere Kinne als Abschiedsgruß.

*„Na, dann, viel Spaß noch!"*, rufe ich, auch wenn ich nicht weiß, ob ich das hundertprozentig ernst meine. Aber doch, so ist es.

*Ich bin ein guter Freund, ich gönne es ihm.*

*„Ja, Ciao!"*, verabschiedet er sich von mir.
Ich stoße das schwere Eingangstor auf, dabei stelle ich mir aber die Frage, warum Marius denn da immer noch alleine auf der Treppe hockt, obwohl die Veranstaltung schon längst angefangen hat.

*Hat er auch Schwierigkeiten?*
Also gehe ich nochmal rein. Ich sehe das als freundschaftliche Verpflichtung.

*„Marius?"*

*„Hm?"*

*„Und warum sitzt du hier ganz allein?"*, frage ich neugierig.

*„Gibt's bei dir auch Probleme?"*, frage *ich* ihn diesmal besorgt in der Hoffnung, die gäbe es und ich würde mein bedauerndes Schicksal mit jemand anderem teilen können, woraufhin die beiden Bedauernden wenigstens noch einen schönen Abend gemeinsam verbringen und zum Beispiel ins Kino gehen könnten.

*„Nein, zum Glück nicht. Ich bin mit Emma erst um halb neun verabredet, weil sie davor noch was zu tun hat"*, erklärt er.

*Das war's dann mit Kino.*

Emma ist seine Freundin, ein charmantes Mädchen aus der elften Klasse. Marius ist eben ein Frauenschwarm, somit das männliche Pendant zu Helene. Der Grund für meine Beliebtheit, und, dass ich in den Pausen oft angesprochen werde, hat genau damit zu tun: Wer mit beliebten Leuten abhängt, erlangt selbst an Beliebtheit, so ist das Prinzip. Simpel, aber hart. Wenn man in den Pausen viel alleine ist, wird das Gegenteil bewirkt. Oder, wenn man im Klassenraum allein sitzt, sich nicht oft mit anderen unterhält, was an meinen anderen Schulen der Fall war. Ich bin nicht selten neidisch auf Marius. Um ehrlich zu sein schaue ich ihn, wenn er sich mit drei Mädchen auf dem Gang unterhält, oftmals neidisch an, merke dabei allerdings, wenn ich mir es im Kopf durchgehe, dass das eigentlich gar nichts für mich wäre. Bombardiert von Mädchen, und tägliche Unterhaltungen mit Mädchen aller Art. Wie Kletten hängen die an einem und man wird regelrecht verfolgt. Nein, ich möchte kein Frauenschwarm sein. Ich möchte nicht täglich von Mädchen verfolgt werden. Ich möchte gar nicht der Verehrer vieler anderer Mädchen sein. Ich möchte nur Helene. Ich möchte, dass *sie* in mich verliebt ist. Aber das ist sie nicht. Sie hat mich gedemütigt und erniedrigt! Nicht nur, dass sie ihre Abmachung bricht, nein, sie küsst einen Jungen vor meinen Augen und blickt fröhlich zu mir über ihre Schulter, um mich zu verhöhnen. Was macht Marius anders als ich? Hatten meine alten Mitschüler recht damit, was sie mir eingetrichtert haben? Jetzt verstehe ich auch das Problem an der Liebe, der Grund, warum die Liebe als so grausam dargestellt wird. Helene hat so Einfluss auf mich und Kontrolle über mich, dass sie mich vernichten kann. Meine Gefühle als elektrischen Leiter benutzt, um mir Stromschläge zu verpassen. Heftige Stromschläge.

Einerseits bin ich froh, dass wenigstens mein Freund Glück hat, andererseits bin ich traurig, dass ich der einzige bin, der anscheinend Pech in der Liebe hat und abserviert wurde. Von meiner besten Freundin, meiner Liebe, fertig gemacht wurde. Wie kann ich sie noch als meine Liebe bezeichnen? Nach dieser puren

Schikane. Wie ein schick gemachter und verzierter Obstsalat, den Helene vor den Augen des Kellners in den Abfalleimer entsorgt hat, einen mit goldenem Schleifchen, auf dem auch noch „Für Helene" drauf stand. Jeder hat Glück in der Liebe, nur ich nicht! Das ist mir vermutlich angeboren...Ich mache mir Vorwürfe, ich wäre ein Versager, so fühle ich mich zumindest gerade.

*Nein, bin ich natürlich nicht. Doch, bin ich.*

Warum habe ich nur so widerwärtige Gedanken? Natürlich bin ich kein Versager, nur, weil Helene ein Spielchen mit mir spielt, sage ich mir. *Spielchen* sage ich nur, weil es mich beruhigt. Ich weiß, dass sie kein Spiel mit mir gespielt hat, sondern, dass sie wirklich ein enges Verhältnis zu der Person hat. Bei dem Gedanken daran, dass das Ganze wirklich ein Spiel war, würde mich natürlich schon ärgern, dass ich mich kampflos ergeben habe. Aber es ist ja nun mal kein Spiel! Da bin ich mir sicher! Es ist ihr Freund, sie haben sich geküsst und verstanden sich gut, hatten ein sehr inniges Verhältnis... Steht Helene auf solche Typen? Bodybuilder? Bin ich ihr zu unmuskulös? Möchte sie jemanden haben, dem man ansieht, dass er einen Menschen totprügeln kann? Möchte sie einen richtigen Beschützer als Freund haben, bei dem sie sich sicher fühlt und bei mir hat sie dieses

Sicherheitsgefühl nicht? Man, ich habe keine Ahnung.

*Nein, das kann ich mir nicht vorstellen.*

Es regnet in einem Misch aus Schnee und Regen. Außerdem ist es durch den zerschmolzenen Schnee ziemlich matschig geworden. Ein paar Rabenvögel krähen von den Bäumen mit den kahlen, schwarzen Ästen herab und es ist stockfinster. Drinnen so hell und draußen so dunkel, daran muss sich die Netzhaut erst einmal gewöhnen und auch der Temperaturunterschied ist beachtlich, drinnen: aufgeheizte Tanzveranstaltung, draußen: eisige Stille. Ein eiskalter Wind weht immer wieder in Zügen, sodass er mir einen kalten Schauer über den Rücken jagt. Jetzt dürfen die Tränen kommen, ich weine los, ja, ich löse meine drückende Trauer vom Herzen, auch wenn ich die Trauer nicht wegbekomme, nur gleichmäßig verteile, dass es nicht allzu schmerzt. Verdammt, ich liebe Helene so dermaßen. Das kann ich nach all dem dennoch nicht leugnen. Ich kann nicht anders als sie zu lieben. So gerne ich das jetzt beenden würde mit der Liebe, nach dem, was vorgefallen ist. Aber ihre weiche Haut, die direkt zu einer Überschwemmung von Lust in mir führt, ihre warmen Lippen, die Magie in meinen Körper übertragen können, ihre Augen, die dafür sorgen können, dass ich mich in ihnen komplett verliere, ihr Atem, der mich innerlich zusammenzucken lässt und mich auf positive Weise benebeln kann und ihr Geruch, der mich alles vergessen lässt, sodass ich innerlich davon schwebe, ihre perfekten Züge, die sich über ihr gesamtes Erscheinungsbild erstrecken, führen dazu, dass ich sie berühren will, küssen will, lieben will, ein Bedürfnis erfüllt mich jedes Mal, wenn ich in ihrer Nähe bin, was kaum in Worte zu fassen ist. Liebe ist nicht in Worte zu fassen. Sie wird nie in Worte zu fassen sein.

Ich weiß nicht, ob ich wütend oder traurig sein soll.
*Beides.*
Zum einen kocht da Wut in mir, aber ein paar Herzenstränen löschen immer wieder ein paar aufspringende Funken des Wutfeuers. Ein paar Funken, die aus dem Kochtopf springen wollen. Viele Fragen stelle ich mir auf dem Nachhauseweg, während ich immer wieder stehen bleibe, um Gedanken fassen zu können und blicke nach oben in den Himmel in der Hoffnung, ein Gott könnte mir helfen.
*Da musst du jetzt allein durch.*
Was fest steht ist, dass sich Helene gegen mich und für ihn entschieden hat und mich dann auch noch so offensichtlich gekränkt hat, dass sie das bereuen muss! Sie ist nicht anders als meine alten Mitschüler, wie sich herausgestellt hat. Ich balle meine Hände zu

Fäusten und gehe zügig weiter. Ja, ich bleibe dabei. Morgen werde *ich* ihr mal die kalte Schulter reichen. Erst später habe ich verstanden, dass ich damit nur noch mehr gezeigt habe, dass ich sie liebe und eifersüchtig auf diesen Jungen war. Aber für morgen steht mein Beschluss definitiv fest. Wenn sie denkt, dass ich jemand bin, der, wenn er niedergeschlagen wird, aufstehen wird und vorsichtig und ängstlich weghumpelt in der Hoffnung, er würde nicht noch ein zweites Mal von hinten niedergeschlagen werden, hat sie sich getäuscht. Ich werde zurückschlagen! Zwar fühle ich mich gerade so leer und verdammt, dass ich am liebsten mit dem Kopf unter mein Kissen tauchen möchte und zwei Tage lang so verweilen möchte, nicht zur Weihnachtsveranstaltung gehen möchte, aber das wird nicht eintreten. Meine Klasse darf ich nicht hängen lassen, nur weil ich mit Helene Probleme habe! Das wäre die exakt verkehrte Art! Ich dürfe mir nichts anmerken lassen, ich dürfe mir nicht die Show verderben lassen, ihretwegen! Außerdem könnte ich ihr damit erst recht nicht die kalte Schulter zeigen. Dann würde das Solo einfach nicht aufgeführt werden, oder sie würde den ganzen Ruhm ernten, weil sie eine tolle Performance beim Solo an den Tag legt.

Ich drehe den Schlüssel im Schloss um und mache die Tür auf.

*Zuhause.*

Ich wische mir die Tränen mit meinem Handballen aus dem Gesicht, da meine Eltern sich keine Sorgen machen sollen und ich momentan kein Mitleid vertragen kann, da würde ich von wütend werden. Trotzdem werden sie sich natürlich wundern, warum ich so schnell wieder zurück bin. Seltsamerweise höre ich nichts. Kein Tastentippen, kein Geschirrklappern, kein Staubsaugen, kein Reden, kein alles. Zuerst zweifele ich sogar daran, dass meine Eltern überhaupt zu Hause sind, dadurch, dass hier eine solch ungewohnte Stille herrscht, aber die Tür war ja nicht abgeschlossen und als ich einige Schritte weiter ins Wohnzimmer trete, sehe ich meine Eltern auch an unserem großen Esstisch sitzen. Sie sehen so aus, als hätten sie sich vor kurzem über etwas unterhalten, sich beratschlagt. Zwischen ihnen ist ein Stuhl frei und ich erkenne sofort, dass der Platz für mich bestimmt ist. Das machen meine Eltern immer, wenn sie ein ernstes Wort mit mir zu bereden haben oder, wenn sie mir eine traurige Nachricht mitzuteilen haben. Doch da ich nichts verbrochen habe, gehe ich von letzterem aus. *Nur was sollte es sein?*

Sie blicken leicht finster.

*„Hallo, Lukas, setz dich doch"*, sagt mein Vater mit einer auffallend verstellt freundlichen Stimme, als

wenn er wissen würde, dass das, war er mir jetzt gleich erzählen wird, mich nicht freudig stimmen wird.

*„Wir wollen etwas mit dir besprechen",* ergänzt meine Mutter.

Sie zeigen keine Verwunderung, dass ich zu früh zurück bin. Das kann nur bedeuten, die Nachricht, die sie mir mitzuteilen haben, ist so bedeutend, dass alles andere jetzt erst einmal unwichtig ist.

Unwohl, aber dennoch wissbegierig gehe ich auf sie zu, ziehe den Stuhl zu mir ran und setze mich schließlich hin.

*„Es ist so",* fängt mein Vater an und richtet den trostlosen Blick zu meiner Mutter.

Mit *„es ist so"* hat mein Vater noch nie angefangen, aber es klingt, als wäre es etwas Schlimmes.

*„Wir wissen, wie glücklich du dich hier fühlst",* fährt er fort.

Was soll das heißen? Die Gedanken an Helene verdränge ich kurzzeitig und ich konzentriere mich ausschließlich auf das, was meine Eltern mir zu sagen haben. Das kann doch nur eins bedeuten und bei dem Gedanken muss ich mir das Gesicht verziehen: *Umziehen.* Um keine voreiligen Schlüsse zu ziehen, lasse ich ihn erst weiter reden.

*„Also: Ich mach es kurz und schmerzlos...*

*Deine Oma väterlicherseits, meine Mutter, ist gestorben".*

Ich brauche einen Moment, um das Gehörte zu verarbeiten und zu verdauen. Gleich der nächste Niederschlag. Es schmerzt in meinem Innern. Mir kommen diesmal direkt die Tränen – wenn auch nur wenige, diesmal kann ich sie ja zeigen. Vor meinen Eltern brauche ich keine Hemmungen haben, außerdem ist diesmal kein Zorn untergemischt. So viel hatte ich mit meiner Oma väterlicherseits zwar nicht zu tun, eher mit der Mutter meiner Mutter. Trotzdem haben wir sie mehrmals besucht und sie ist nun mal die Mutter meines Vaters, meine Großmutter, eine enge Verwandte und sie war immer so liebreizend, hat sich immer um mich gekümmert und hat mich immer sehr gemocht. Vielleicht bin ich auch nur traurig, weil ich weiß, dass mein Vater traurig über ihren Verlust ist. Ich meinen Vater kenne und er unter seiner harten Fassade einen eingeweichten Kern hat. Aber ich verstehe trotzdem nicht, warum er gesagt hat, dass er *„weiß wie glücklich ich hier bin."* Gerade will ich ihn fragen, da fängt er direkt an, meine Frage zu beantworten, als könnte er Gedanken lesen.

   *„Und was das jetzt mit unserem jetzigen Wohnort zu tun hat, erkläre ich dir. Bitte sei tapfer und reagiere nicht über, ja, Lukas?"* „Tapfer". Ich will nicht tapfer sein, immer muss man tapfer sein, warum kann man nicht mal mimosenhaft sein? Ich ahne Schlimmes.... wenn mein Vater mir sagt, ich soll nicht überreagieren,

heißt es, dass das zu Sagene so schlimm ist, dass ich nur überreagieren *kann*. Dennoch unterbreche ich meinen Vater nicht, sondern lausche hellhörig.

*„Du weißt ja, dass deine Oma eine schöne, alte Villa hatte. Wir waren da ja auch schon mal zu Besuch, erinnerst du dich?"*

Ich erinnere mich nur vage, das letzte mal, als wir bei ihr waren, war ich elf Jahre alt, glaube ich, aber ich weiß, dass mir das Haus damals sehr gefallen hat. Es war im Innern groß und geräumig und äußerlich mit viel Stuck, schönen Ornamenten wie kleinen Figuren und in Stein gemeißelten Mustern verziert.

*„Außerdem hatte sie einen schönen Oldtimer, Mustang 69er Baujahr, einen schönen, großen Garten und und und....",* sagt er weiterführend mit Blick zu mir herunter, als wenn ich ihm als Bestätigung zunicken solle.

*„Ja, und?",* unterbreche ich ihn. Ich verstehe gerade nicht, worauf mein Vater hinaus will, wahrscheinlich, da ich durch den Wind bin und nicht klar bei Verstand bin.

*„Da Rebecca"* – so hieß meine Oma – *„gestorben ist, hat nicht mein Bruder, sondern.... ich ihr ganzes Gut geerbt",* lächelt er.

Jetzt weiß ich natürlich, worauf er hinaus will. Mir ist das jedoch ganz und gar nicht zum Lachen.

*„Ihr wollt wieder umziehen?"*, rufe ich zornig, springe auf und schlage mit meinen Handballen auf den Tisch. *Meine Arme zittern.*

Ich bin frustriert, da ich weiß, im schlimmsten Falle habe ich da nicht mal was mit zu entscheiden, und das ärgert mich sehr, das hat mich schon mein ganzes Leben lang geplagt.

*Nein, diesmal nicht!*

Schlimmstenfalls kette ich mich irgendwo an. Von hier verfrachten mich meine Eltern nicht mehr weg!

*„Ist dir klar, wie wir leben würden...?"*, ermutigt meine Mutter mich, *„....in einer riesigen, wunderschönen Villa mit großem Garten. Du wolltest doch schon immer einen eigenen Garten haben, den werden wir haben. Das Angebot können wir uns doch nicht entgehen lassen... Das Haus hat sogar einen Kamin"*, probiert mich meine Mutter umzustimmen und sieht mich beherzt an. Sie hat direkt meine Meinung aus meinen Augen herauslesen können. Als wenn mich ein Kamin umstimmen würde.

*Lächerlich.*

Sie strahlt und hofft, das Strahlen übertrage sich auf mich, aber dem ist nicht so, natürlich nicht. Nichts bringt mich im Augenblick zum Strahlen. Liebe pfutsch, Oma pfutsch, Schule, Wohnung, alles pfutsch. Besser geht's doch gar nicht, oder? An diesem Tag wird mir alles genommen. Dabei hat er so schön wie kein anderer Tag begonnen. Es ist spektakulär, wie sich der Tag innerhalb einer Stunde verändern kann.

*„Und ob ich weiß, wie wir dort leben würden! Wer weiß, ob ich dort wieder eine Schule wie diese finde, nein, ich weiß definitiv, dass ich solch eine nicht mehr finden werde und solche Freunde auch nicht!"* rufe ich ihnen vorwurfsvoll zu. *„Das ist dort ein verdammtes Kuhdorf! Man!"* Das können mir meine Eltern doch nicht antun?! Dann senke ich meine Stimme und sage ganz leise, aber eindringlich, was viel mehr Nachdruck hinterlässt als zu schreien:

*„Ihr nehmt mir all das Schöne im Leben weg, was ich mir aufgebaut habe und gebt mir immer mehr das Gefühl, dass das Leben scheiße ist. Ist euch das klar? Wenn ich mir irgendwann mein Leben nehmen sollte, dann könnt ihr euch die Schuld dafür geben."*

Nicht mal einen zornigen Blick schenke ich ihnen, sondern blicke beinahe mienenlos auf ihre erstarrten und bleichen Gesichter. Wenn ich eben nicht diesen Dämpfer von Helene erhalten hätte, würde ich mich noch weiter aus dem Fenster lehnen und ich bereue die Worte nicht. Meine Eltern sollen zu spüren bekommen, was sie mir damit antun. Durch den ersten Niederschlag allerdings ist es gar nicht mehr so schmerzhaft, auch noch den zweiten Niederschlag einzustecken, den zweiten Schwerthieb verpasst zu bekommen, daher belasse ich es dabei. Tot ist tot.

Diese ganzen Hoffnungen rund um Helene, auf einmal weg, sie liebt nicht mich, sondern jemand anderen. Sie war meine Motivationsquelle, meine Quelle, warum ich jeden Morgen lachte und mein Lebensziel, meine süße Hoffnung, mein heimlicher Traum. Alles verpufft. Daher trifft es mich gar nicht so doll, wie es mich eigentlich treffen sollte – oder treffen müsste. Das bin ich Marius schuldig! Anstatt zügig in mein Zimmer zu stürmen und die Tür so laut hinter mit zuzuschlagen, dass das ganze Haus erzittert, trotte ich elendig in mein Zimmer, verschließe langsam meine Tür und lasse mich auf mein Bett plumpsen. Eigentlich könnte man jetzt schon schlafen, es ist fast 21 Uhr...

Streits hatte ich des Öfteren mit meinen Eltern und ich kann gar nicht einschätzen, wie heftig dieser war. Es gab schon Streits, bei denen beide Parteien geschrien haben, dafür waren die Worte nicht so vehement gewählt wie bei diesem. Es war eine ganz andere Sorte von Streit. Eine ruhige, die es aber umso mehr in sich hat. Ich höre, wie mein Vater, als er zur Besinnung kommt, *„Lukas!"* brüllt, und *„Komm jetzt sofort her! So redest du nicht mit deinen Eltern!"* und gegen die Tür hämmert, doch ich ignoriere alle äußeren Einflüsse und bin ganz in mich gekehrt.

Ich denke unter meiner Bettdecke mit etwas feuchten Augen an Helene, ja, tatsächlich an Helene und nicht an den Streit gerade. Daran merkt man, wie wichtig mir Helene ist. Dass ich sie mehr liebe als alles andere. Nach dem Motto: Wenn ich Helene nicht haben kann, ist es mir auch egal, ob ich bleibe oder wegziehe. Wie ein beleidigtes, bockiges, emotionsgesteuertes Kind, ein unendlich verliebtes, bockiges Kleinkind verhalte ich mich. Warum muss ich Helene nur so lieben? Ich liebe sie so sehr, ich verspüre ein solches Verlangen nach ihr und gleichzeitig habe ich einen Hass auf sie, dass ich ihr irgendetwas Listiges oder Intrigantes antun möchte. Gottverdammt, warum muss mich das Leben immer in die Knie zwingen? Warum hätte der Abend nicht so ablaufen können, wie ich es mir vorgestellt habe? Aber nein, binnen Minuten wird mein komplettes Leben zerstört. Aber heulen hilft da auch nicht, ich muss kämpfen! Mich nicht unter meiner Bettdecke zusammenkriechen und heulen, sondern kämpfen und standhalten! Und am Ende siegen! So sollte ich denken, aber jetzt gerade möchte ich einfach nur schlafen und den Tag beendet haben, von meinen Qualen befreit werden, auch, wenn ich weiß, dass mich die Qualen verfolgen werden, egal wie lange und wie intensiv ich schlafen werde, und ich weiß nicht mal, ob das passieren wird. Ich bin mir eigentlich sogar sehr sicher, dass ich diese Nacht erneut kein Auge zu bekommen werde. Ich werde an die Decke starren und nachdenken.

*Was soll ich machen?*

Helene meine Liebe beichten? Nein, das wäre nur noch peinlich, da ich ja jetzt weiß, dass sie einen Freund hat. Ich bleibe dabei, Helene kriegt das zurück, was sie verdient. Doch wie schaffe ich es, meine Eltern davon zu überzeugen, dass wir nicht wegziehen dürfen? Indem ich Helene Schaden zufüge, erst recht nicht. Nein, die bekommen mich nicht, notfalls haue ich ab oder ähnliches! Sollen sie ruhig zu spüren bekommen, was sie immer wieder mit mir machen. Ich stöhne auf und wälze mich auf die andere Seite.

# *Kapitel 9*

„*M*arius! Warte mal!*", schreit Helene zu Marius die Treppen hinunter stürmend. Es ist Schulschluss, 14:34, und Helene erwischt Marius noch rechtzeitig vor dem Ausgang der Schule.

Marius dreht sich schreckhaft um. „*Was ist denn?!*"

„*Lukas geht mir schon den ganzen Tag aus dem Weg!*", schießt sie energisch los, „*und gestern beim Ball ist er einfach gegangen! Zumindest war er auf einmal weg! Was ist denn mit ihm los?!*", fragt sie ihn eindringlich und schaut so biestig, als wenn sie ihm, wenn er ihr keine Antwort geben würde, die Augen auskratzen würde.

Marius stockt einen Moment, wahrscheinlich um nachzudenken, was er ihr genau erzählen wird. „*Woher soll ich das wissen?*", fragt er schließlich scheinheilig, was nicht wirklich authentisch wirkt. Helene ist in solchen Angelegenheiten ziemlich scharfsinnig.

„Weil du sein bester Freund bist?! Mach mir nichts vor, ich bin mir sicher, mit dir hat er drüber gesprochen!"

„Naja... also", sagt er leicht verunsichert.

„Ja?", Helene tippt ungeduldig mit ihrem Schuh auf und ab.

„Ich darf mit dir nicht drüber sprechen, das wollte unbedingt Lukas übernehmen...", erklärt er ihr schließlich.

„Ja, sehr schön", sagt sie genervt, „dann erklär mir mal bitte, wie!", schnaubt sie eingeschnappt und klatscht mit ihren Händen auf ihre Oberschenkel, „er geht mir durchgehend aus dem Weg! Wie soll ich bitte mit ihm sprechen, wenn er nicht mit mir sprechen möchte?! Jetzt sag du es mir doch, mein Gott!", ruft sie.

„Also gut...", sagt er schließlich ein wenig zaghaft und verunsichert, „...Lukas ist gestern beleidigt gewesen", erläutert er.

„Warum?", will Helene wissen und hört aufmerksam zu.

„Weil du mit 'nem anderen Typ getanzt hast, vielleicht? Schon mal daran gedacht? Obwohl du ihm versprochen hast, dass du mit ihm tanzen wirst?! Das liegt doch auf der Hand!", sagt er für mich plädierend, „also, bitte, darauf hättest du selbst kommen können. Lukas hatte sich so auf den Abend gefreut und er wurde bitterst enttäuscht, mir tut er echt leid", fügt er noch hinzu. Er schaut sie schuldig an, Helene erwidert seinen Blick und schüttelt ihren Kopf.

*„...Danach wäre er doch dran gekommen, aber mein Bruder geht erstmal vor... Kann man das nicht verstehen, ohne direkt... **so** zu reagieren?",* sagt Helene.

*„Warte... dein Bruder?",* fragt Marius irritiert.

*„Ja, mein Bruder. Er ist mich nach einem halben Jahr endlich mal wieder besuchen gekommen! Was meinst du, wie ich ihn vermisst habe..."*

Nicht nur ich, sondern auch Marius hat damit nun wirklich nicht gerechnet.

*„Warte... ihr wusstet nicht, dass es mein Bruder ist?"*
Marius schaut auf den Boden und wirkt nervös.

*„Scheiße",* murmelt er und nickt ihr anschließend zu.

*„Das... war also dein Bruder, dieser... muskulöse Typ mit den schwarzen Haaren und der ganz weißen Haut?",* prüft er.

*„Genau, in Kanada ist es in manchen Teilen ziemlich düster und er ist eher der Stubenhocker-Typ. Aber ich habe ja auch einen ziemlich hellen Hauttyp, es liegt auch zum Teil an der Familie",* erläutert sie leicht grinsend. *„Aber er ist schon eher der Stubenhocker-Typ".*

*„Oh...",* Marius hält inne und guckt immer noch verschämt, *„das erklärt so einiges...*

*aber er hätte gesagt, du hättest ihn ausgelacht oder sowas?",* er richtet seinen Blick wieder auf.

„Was? Was zum Teufel? Ich würde nie, niemals, einen von euch auslachen, das wisst ihr doch, oder? – naja es sei denn, irgendwas wäre wirklich komisch, aber nie im bösartigen Sinn, verdammt, wie kommst du auf sowas?!", stellt Helene klar.

„Hm, dann... ist das alles ein großes Missverständnis", erklärt Marius.

„Also", Helene nimmt tief Luft, „nochmal: jetzt sag mir bitte die ganze Wahrheit... Lukas ist beleidigt, weil ich zuerst meinen Bruder ausgewählt habe, richtig? Und er ist so sauer, dass er mir sogar noch am nächsten Schultag aus dem Weg geht, ja? Das kann doch nicht alles gewesen sein?! Spuck's aus!"

Marius schluckt und in seinem Gehirn rattert es bestimmt nur so zwischen Wahrheit und Lüge hin und her.

„Ich sag's dir draußen", sagt er schließlich, da er so noch kurz Zeit hat zu verschnaufen und darüber nachzudenken, wie er es ihr zukommen lassen wird. Sie gehen gemeinsam aus der Tür hinaus in Richtung des Schulgarten und machen vor dem Kohlbeet Halt.

„Also?", fragt Helene ungeduldig.

„Er ist...", er bricht nochmal ab, „aber sag nicht, dass du das von mir hast, ja?"

„Ja-ha... Jetzt sag's!", drängelt sie ihn.

„Er ist....", eine kurze, schweigende Pause entsteht, ein Moment der Wahrheit türmt sich auf. Eine

Riesenflutwelle, die immer weiter auf eine Insel zuströmt, welche verschüttet werden wird.

*„na gut, kurz und schmerzlos: er ist... ziemlich in dich verliebt... naja und... eben ziemlich schüchtern, was Liebe betrifft",* bringt er schließlich über die Lippen und senkt den Blick. Er ist unschlüssig, wahrscheinlich zweifelt er, ob die Entscheidung, die er gefällt hat, ihr dies zu offenbaren, richtig war oder nicht. Immerhin hat er mir damals sein Wort gegeben.

Helene schaut ihn nur ungläubig an.

*„Wirklich?",* sie schaut immer noch überrascht und überwältigt von dieser entlarvten Botschaft, *„aber... beim Flaschendrehen hat er doch eindeutig gesagt, er ist in niemanden verliebt?",* fragt sie verwundert und aufklärungswillig.

*„Ich bitte dich Helene",* er senkt seine Stimme, *„ist es nicht normal, dass man seine Liebe nicht unbedingt vor der ganzen Klasse beichten möchte? Er hat sich eben nicht getraut."*

Ohne mehr etwas zu sagen, geht sie zügig an Marius vorbei – in die falsche Richtung – zu mir und nicht zu ihr nach Hause.

Ich bin jedoch bereits vor meiner Haustür, daher kann mich Helene gar nicht mehr erreichen. Es sei denn natürlich, sie klingelt bei mir an der Tür. Zu dem Zeitpunkt hatte ich keine Ahnung, ob sie mich sprechen wollte, weil sie mir sagen wollte, dass ich mir die Liebe aus dem Kopf schlagen müsse oder, ob es einen anderen Grund hatte, aber ich ging stark von Antwort eins aus.

*„Hey, wo willst du denn hin?!",* ruft ihr Marius vergeblich nach. Helene ist so schnell an ihm vorbeigelaufen, dass sie bereits am Schulgarten vorbei über die Straße läuft und sich nicht einmal mehr umdreht.

Ich mache Usain Bolt Konkurrenz, da die Aufführung bereits in zehn Minuten beginnt. Innerhalb von zwei Minuten bin ich eingenickt, und habe dann gleich über zwei Stunden geschlafen; liegt wohl am Schlafmangel, den ich die letzten Nächte in Kauf nehmen musste. Leider habe ich mir obendrauf noch meinen Wecker nicht gestellt. Normalerweise schlafe ich nachmittags nie, aber wenn man so müde wie ich ist, muss man eben damit rechnen und sich sicherheitshalber den Wecker stellen, selbst, wenn man nur im Bett liegt und döst. Es ist sehr kalt und in der Eile habe ich mir nur meine Strickjacke übergezogen, weshalb ich friere und am ganzen Leib zittere, zumal mir der kalte Wind, gegen den ich anlaufe, um die Ohren peitscht. Wenigstens habe ich meine Sportsachen für den Auftritt in die Sporttasche gepackt und nicht das noch in der Eile verpeilt. Eine dehnbare Kleidung: eine

Jogginghose und ein locker anliegendes graues T-Shirt. Kleidung, mit der man sehr wendig ist. Ich verspüre ein Prickeln in meinem Körper vor Aufregung. Aber nicht vor der eigentlichen Aufführung, sondern daher, weil ich mich an Helene rächen möchte. Ich hoffe, dass alles nach Plan läuft. Es kommt mir fast ein wenig kindisch vor, von einem Plan zu reden. Aber, mein Gott, ich habe nun mal das dringende Bedürfnis mich zu rächen. Ich fühle mich im Augenblick jämmerlich und erbärmlich und das muss sich ändern. Um ehrlich zu sein finde ich es wirklich gemein, dass Herr Christoph einfach entschieden hat, wir würden einen Tanz aufführen, ohne Berücksichtigung der Schüler. Ich konnte nicht tanzen und viele andere Jungen auch nicht; viele fanden die Idee schrecklich, aber Herr Christoph meint, dass wir auch mal den Mädchen einen Gefallen tun sollten, außerdem hatten wir damals Bewegungskoordination durchgenommen, worin natürlich auch Tanzen enthalten ist, somit konnte er sich als gutes Argument auf den Rahmenlehrplan stützen. Wenigstens ist der Tanz eine Art Hip-Hop-Tanz und kein traditioneller Tanz. Der würde für das Publikum eher langweilig sein, denn das Publikum möchte Show sehen, viel Rumgehampel und Bewegung, viel Action. Viele meinten und jammerten, sie würden es peinlich finden, auf einer Bühne vor so vielen Leuten zu tanzen und so aus sich herauszukommen, andere verstanden das ganz und gar nicht und waren hingerissen von der Idee. *Schwungvolles, synchrones Bewegen würde Spaß machen*, hieß es auch immer von Seiten Christophs, auch, um uns zu motivieren. Anfangs wurde mir auch flau im Magen beim Gedanken, einen Tanz aufzuführen, vor Hunderten von Leuten – in der großen Aula, aber je länger wir daran probten, desto mehr Spaß hat es mir gemacht – womöglich, nein, ganz sicher hatte das was mit Helene zu tun. Helene – Helene – Helene. Ich bin immer noch stinksauer auf sie.

Ich keuche vor Anstrengung und spurte zur nächsten Ampel in der Hoffnung, sie wird grün, wenn ich da bin. Ich renne durch die Dahlemer Gasse mit den vielen Villen. Auf der Veranda einer besonders großen Villa steht eine alte Frau und raucht eine Zigarre. Bestimmt denkt sie sich, ich wäre ein Irrer, so wie ich hier herum rase. Aber bereits in fünf Minuten beginnt die Aufführung und ich brauche noch drei Minuten bis zur Schule, somit *muss* ich mich beeilen. Ich darf bloß nicht zu spät kommen, sonst habe ich alles verpatzt.

Angekommen und hochgelaufen mache ich langsam die dicke Aula-Tür auf und luke hinein; ich höre einen kräftigen Applaus eines vorherigen Auftritts, anschließend den Direktor ins Mikrofon sprechen:

„Nun, meine Damen und Herren, führt die 10. Klasse b...." Weiter höre ich ihm nicht zu: Meine Klasse! *Mist, Mist, Mist.* Schnell husche ich an den Seiten des Publikums vorbei hinter den großen Vorhang, wo mich bereits alle erwarten. Innerhalb von zehn Sekunden ziehe ich mich um, dann hört man bereits das Klatschen des Publikums, was auf unseren Auftritt wartet. Gerade so geschafft!

*Wie habe ich das nur geschafft? Man bin ich außer Atem.*

Helene trägt heute ein schwarzes, kurzärmliges T-Shirt, und als ich sie sehe, werde ich beinahe wieder weich. Der Kontrast zwischen ihrer milchfarbenen Haut und dem schwarzen T-Shirt ist beeindruckend; aber ich muss meine Gefühle nun wirklich vergessen. Ihr liegt nichts an mir und sie hat mich mies behandelt. Auf solch eine Liebespartnerin kann ich mehr als verzichten. Also lasse ich mir nichts anmerken. Helene soll leiden und denken, dass ich nichts von ihr möchte, ihr meine kalte Schulter zeigen, ihr zeigen, dass ich sie nicht mehr mag, was eigentlich nicht stimmt. Ich liebe sie trotzdem so sehr, wie ich keine andere Person bisher geliebt habe.

*Tut mir leid, Eltern.* Aber sie soll sich entschuldigen! Sie soll bereuen, was sie mir angetan hat. Es ärgert mich, dass es sie scheinbar gar nicht stört. Ich bilde mir fast schon ein, sie hat mich durchschaut und vergnügt sich beim Anblick dieses Trottels, wie er sich läppisch versucht zu rächen. Bei dem Gedanken kocht wieder die Wut in mir auf.

Unsere Klasse stolziert mit einem ganz und gar nicht nervositätslindernden Applaus des Publikums auf die Bühne und verteilt sich, die Musik geht an, woraufhin wir direkt beim zweiten Takt einsetzen: Die ersten beginnen und ich und die neben mir wie bei einer Paola-Welle hinterher. Nach den ersten dreißig Sekunden bekommt jeder einen Partner und das ist in meinem Fall direkt Helene. Als die Choreographie vorsieht, dass ich Helenes Hand nehme, weiche ich jedoch unbeirrt von ihr ab und ordne mich heimlich und so unauffällig wie möglich in eine andere Gruppe ein. Nervosität brodelt in mir, ich glaube, ich bin kurz vor einem Zusammenbruch. Der alte Lukas hätte sich das nie und nimmer getraut. Mir ist völlig egal, was das Publikum denkt, ob ich die Aufführung versaue, unsere Klasse in die Scheiße reinreite, Hauptsache ich zeige ihr, dass ich kein kleiner Knirps bin, der sich nichts traut, sondern, dass ich stark bin und jemand, der keine Puppe ist, mit dem man nicht alles machen kann, auch nicht sie. Die, die ich unendlich liebe. Die, die ich vergöttere. Und die gerade so süß aussieht, weil sie so hilflos aussieht. Aber sie hat mich erniedrigt und das darf ich keinesfalls außer Acht lassen. Helene schaut mich mit einem Blick an, den man leicht deuten kann. *Was soll das, Lukas?* besagt der Blick, ihr ist das offensichtlich peinlich, keinen Partner mehr zu haben, improvisieren zu müssen und versteckt sich hinter einer anderen Gruppe und tut so, als wenn alles so geplant gewesen wäre, tanzt mit den anderen Partnern mit, die sie allerdings merkwürdig ansehen.

*So war das doch gar nicht geplant?*

Ich antworte auf ihren Blick mit einem provokativen *Wer weiß* –Blick, mache eine Schnute und neige meinen Kopf zur Seite. Aus Erfahrung weiß ich, dass dieser Blick aggressiv machen kann, und tatsächlich: Ich meine zu sehen, dass sie leicht erzürnt. Ich bin zwar wütend auf sie, aber ich kann nicht anders, als meinem Herzen ein wenig Platz zu räumen, denn sie sieht so süß aus, wenn sie sich aufregt. Nach allem, was passiert ist, möchte ich sie trotzdem immer noch küssen, zu ihr rennen und sie mit einer unheimlichen Intensität küssen. Doch das, was sie mir angetan hat, will ich ihr trotzdem zurückgeben, danach möchte ich ihr liebend gerne unendlich Küsse geben, auch, wenn ich sie dann sicherlich nicht mehr bekomme, sondern eher Schläge. Ein paar unserer Mitschüler wundern sich immer wieder, was wir denn da machen, drehen sich immer kurz zu uns rüber mit fragenden Blicken, wollen trotzdem wenigstens ihren Auftritt gut meistern und richten ihre Blicke wieder nach vorne zum Publikum. Die Scheinwerfer sind so weit nach vorne gerichtet, dass sie unheimlich blenden und ich hoffe insgeheim, dass das Licht in den hinteren Reihen nicht mehr so stark ist, sodass die Aufmerksamkeit hinten nicht mehr allzu stark ist und das Publikum nicht sieht, dass das, was ich veranstalte, alles gar nicht so geplant war. Andere tanzen in ihrem Element, sind aufgeregt und wollen nichts falsch machen, schauen deshalb auch gar nicht her. Die Musik läuft gemütlich weiter und ahnt nicht im Geringsten, was hier vor sich geht. Nun bin ich in der ersten Reihe neben Marius und ein paar anderen, Helene ist in der dritten – wir stehen alle seitlich, denn momentan haben wir die Perspektive gewechselt. Bei der Passage setzen wir fast nur unsere Arme ein und breiten sie so aus, dass es aussieht, dass die erste Person, die nicht quer, sondern frontal steht, viele Arme hätte. Wir haben spezielle Muster, die wir synchron abarbeiten. Beine, Arme, Köpfe, Oberkörper werden eingesetzt. Manchmal drehen wir uns auch und machen spezielle Gesten. Helene rutscht aus einer hinteren Position immer weiter nach vorne und gleich wird sie wieder meine Partnerin sein. Manchmal wenden wir uns nämlich an die Person links beziehungsweise rechts von uns und nehmen diese an die Hand, tanzen dann nur zu zweit in verschiedensten Variationen: das klassische Drehen der Frau, das „Hin und her" und so weiter. Damit hat man nämlich zwei Tanzsorten

miteinander kombiniert. Der frontale, synchrone Hip-Hop-Tanz und der individuelle Partnertanz. Jetzt steht der nächste Partnerwechsel an und Helene ist erneut meine Partnerin. Sie schaut mich so biestig an, dass man leicht auf den Gedanken gebracht werden könnte, nachzugeben, sie sieht fast schon zu süß aus; ich möchte meine Arme um sie schlingen und sie küssen, aber ich setze mich gegen meine verlangenden Körpersignale durch und lasse sie wieder hängen, ignoriere sie, als wäre sie unsichtbar, wie gestern, als ich unsichtbar für sie war, während ich erneut so tue, als würde alles zur Aufführung dazugehören. Diesmal ist es noch unangenehmer für sie, denn sie steht diesmal ziemlich weit vorne am Rand der Bühne, ohne Partner. Genauso habe ich mich aber auch gefühlt, sie soll fühlen, was sie mir angetan hat. Ich hatte auch keinen Partner und stand alleine hilflos da, während mich alle angesehen haben, wie in ihrem Fall das Publikum. Ich fühlte mich erbärmlich und hintergangen. Leider reiht sie sich auch dieses Mal wieder rhythmisch bewegend in eine der hinteren Reihen ein und blickt wieder zu mir mit ihrem *Was-soll-das-Blick*, der jetzt allerdings noch weiter verschärft ist. Es ist diesmal eher ein *Lass-die-Scheiße-und-reiß-dich-zusammen-Blick*.
Aber ich bereue nicht, was ich mache. Sie soll sich ja nichts einbilden und denken, dass sie mich durch ihre

Abfuhr zum Verzweifeln gebracht hat, nein, im Gegenteil, ich schmolle nicht, sondern zahle ihr das hiermit heim! Sie soll zu spüren bekommen, dass sie mit meinen Gefühlen gespielt hat und, dass man das mit mir nicht macht. Sie soll ihr Verhalten bereuen. Schlussendlich kommt der Moment, an dem wir das Solo aufführen müssen. Der entscheidende Moment ist gekommen. Die ganze Zeit schon habe ich diesen Moment im Hinterkopf gehabt und mein Blut stockt vor Adrenalinüberschuss. Herr Christoph würde mich fragen, warum ich mich so verhalten habe, mir vielleicht eine schlechte Note geben, aber es ist mir alles egal. Er würde sagen: Deine privaten Probleme darfst du nicht im Unterricht auslassen – schon gar nicht während einer Schulaufführung und deine ganze Klasse dabei runterziehen! Irgendwie hätte er ja recht, aber das *muss* jetzt sein. Helene geht nach vorne und setzt zum Solo ein und zwängt sich ein Lächeln aufs Gesicht, das sie sofort wieder runternimmt, als sie mich ansieht, doch ich widersetze mich erneut und dann wird es ernst: Als Helene nach meiner Hand greift, fest zupackt – man merkt es ihr nicht an, da sie einen so zierlichen Körper hat, aber sie ist stark, reiße ich mich aus ihrem Griff und das ist ausschlaggebend dafür, dass sie einen Impuls bekommt und anfängt zu brüllen:

„*Könnt ihr diesem Scheiß-Typen vielleicht mal sagen, dass er meine verdammte Hand nehmen soll?!*", schreit sie nach vorne zu mir gebeugt aus ihrer Seele heraus und so hätte *ich* sie gestern Abend am liebsten angeschrien. Ich fahre zusammen vor Schreck und erstarre. Unsere Mitschüler hören ganz abrupt alle auf zu tanzen und schauen zu uns. Es herrscht plötzlich eine ungewohnte Stille in der Aula – trotz der vielen Menschen. Ein allgemeines Raunen verbreitet sich im Saal. Ihre ganze Wut ist aus ihrem Mund entwichen. Ich stehe wie festgenagelt da und das Publikum schaut entsetzt. Mir ist das äußerst peinlich, das ist nicht Teil des Plans, sie schreit *mich* an, es geht im Augenblick um *mich*, ich halte indirekt das gesamte Stück an und dann kommt auf einmal auch noch dazu, dass der Techniker die Musik abstellt – *was ist das für ein blöder Techniker?* – somit *alle* Aufmerksamkeit auf uns gelenkt wird, es rasant, in Sekundenschnelle *völlig* still wird. In mir rumort alles Mögliche: Nervosität am meisten, aber auch Verlegenheit und Angst. Auch das noch. Jetzt stehe ich im Mittelpunkt des Mittelpunkts der Aufmerksamkeit und ich bin noch nie in solch einer Situation gewesen. Mein Herz schlägt so schnell, dass es fast implodiert, ich habe Herzrasen und literweise Blut wird in Nanosekunden von Gehirn zu Fuß gepumpt. Ich halte es glaube ich nicht lange aus, aber von der Bühne abhauen kann ich ja jetzt auch nicht, dann hat nämlich sie wieder gewonnen, dann bin ich wieder der Versager, der Verlierer, dabei hatte sie doch den Mut und hat mich angeschrieen und nicht umgekehrt. Verdammt, warum ist sie nur so mutig? Ihr müsste es ja eigentlich noch peinlicher sein als mir, aber es macht nicht den Eindruck, als dass ihr die Situation sonderlich peinlich ist. Ich sehe, wie Marius Helene versucht zu beruhigen und der Rest der Klasse wie verrückt tuschelt, das Publikum sowieso. Ich bin im Mittelpunkt des Mittelpunkts, das Zentrum der Aufmerksamkeit, alle – aber auch wirklich alle – schauen auf mich – oder auf Helene. Aber Helene brüllt mich an, und da ihr Blick zu mir geneigt ist, wird der Blick derer, die auf Helene schauen, ebenfalls an mich weitergeleitet. Helene macht einen riesengroßen Aufstand und schreit mich an, während einer Schulaufführung, bei der bestimmt zweihundert Menschen zusehen, unter anderem meine Eltern, meine *Eltern*. Das ist mir alles äußerst unangenehm und peinlich. Meine Eltern sind beide noch unterwegs gewesen und sind dann direkt zur Schule gefahren, ohne noch mal nach Hause zu kommen, sonst hätten sie mich noch frühzeitig wecken können, was mir eine ganze Menge Stress erspart hätte. Wahrscheinlich haben sie sich auch schon gefragt, warum sie mich vor der Aufführung noch nicht gesehen haben oder ich sie nicht begrüßt hatte, bevor die Aufführung losging.

*„Und könnt ihr diesem Typen sagen..."*, fährt sie in lautem Ton fort, *„dass ich gestern sehr wohl mit ihm tanzen wollte, aber mein aus Kanada angereister Bruder vorging?! Es trotzdem kein Grund ist, sich jetzt hier so kindisch zu verhalten! Ach ja... und, dass ich ihn selbstverständlich nicht ausgelacht habe?!"*, brüllt sie. Ihr Bruder? Aus Kanada angereist? Schockiert starre ich sie an, vielleicht auch vom Schreck, schließlich brüllt sie ohrenbetäubend laut. Ihr Bruder – Bruder – Bruder. Das Wort schallt mehrere Male in meinem Gehirn hin und her und ditscht immer wieder an meine Schädeldecke. Klar wurde ich abserviert, und das ist Teilgrund gewesen, warum ich wütend auf sie war, aber ich habe diesen Jungen für ihren Freund gehalten. Ich meine, es ist nicht ihr Freund, sondern ein Familienmitglied, das sie liebt, und das sie nur sehr selten sieht. Der Junge war ihr Bruder und ich bin nur ein Freund. Helene hatte uns – Marius und mir – mal von ihrem Bruder erzählt. Er lebt bereits mehrere Jahre in Kanada und kommt sie immer nur zwei, drei Mal im Jahr besuchen und jedes Mal freut sie sich riesig, wenn er kommt. Der Kuss muss somit auch nur ein Bruder-Schwester-Kuss gewesen sein, und ihr schadenfrohes Lächeln, das mich einst verhöhnt hat, muss ich falsch interpretiert haben. Mir leuchtet ein,

dass ich das verstehen muss. Ich habe völlig überreagiert. Die ganze Aktion ist umsonst gewesen, falsch gewesen. Ich hätte einfach mit ihr darüber reden sollen, aber damals schien für mich alles klar. Wie konnte ich denken, dass Helene so ist?

*So ist sie nicht, natürlich nicht.*

*Es ist meine wundervolle Helene.*

Warum? Warum habe ich das alles gedacht, alles so und nicht anders interpretiert?

Weil es eindeutig war? Oder, weil ich beeinflusst wurde? Ich glaube, ich begreife es allmählich.

*So ist es. So muss es sein.*

Es liegt nahe, dass ich möglicherweise unterbewusst durch meine schlimmen Erfahrungen mit Mitschülern geleitet wurde. Ich bin aufgrund meiner Vergangenheit vom Schlimmsten ausgegangen, obwohl das gar nicht nötig war. Helene ist anders als diese Menschen. Genauso Marius. Und es gibt mit Sicherheit auch noch zig andere Menschen, die anders sind als diese Idioten von früher. Die Wut ist auf einmal wie weggeblasen, nicht mehr da. Die Liebe erobert wieder mein Herz. Während sie das, lauten Tones, brüllt, schaut sie mir dazu auch noch durchgehend in die Augen.

*Warum macht sie das?*

Gut, ich habe es vermutlich verdient, aber will sie mich hypnotisieren? Ihre Augen sind so... so unbeschreiblich schön. Sie sind zerstörerisch magisch. Aus ihnen könnten Laserstrahlen schießen, die alles vernichten könnten.

*Im Augenblick eliminieren sie mich.*

Sie blitzen wie Kristalle im Scheinwerferlicht. Überwältigt bin ich von ihren Ansagen, von ihrem Mut, alles vor großem Publikum rauszuposaunen, das könnte ich niemals. Ich wusste schon immer, wie mutig sie ist. In ihren Worten steckt zwar Wut, aber seltsamerweise fühle ich bereits jetzt, dass da noch etwas anderes in ihren Worten verborgen ist...

„*Und könnt ihr diesem Typen bitte mal sagen...*", es ist noch nicht vorbei, irgendwas will sie noch loswerden, „*dass ich genauso unglaublich VERKNALLT in ihn bin, wie er in mich*?! *Falls er das nicht gecheckt hat?!*", schreit sie.

Das traf mein Herz. DAS – traf mein Herz. Ein Schlag ins Herz, Volltreffer. Mir stockt der Atem und ich schnappe nach Luft. Was hat sie gerade gesagt?!

*Was? Was? Verknallt? Woher weiß sie...?*

Sie sagt das so leidenschaftlich, dass ich fast in Ohnmacht fallen könnte.

*Verknallt.... Unglaublich verknallt....*

Meine Ohren nehmen ihre Worte zur Kenntnis, aber mein Gehirn will diese Worte scheinbar nicht wahrnehmen oder nicht verarbeiten, sonst würde mein Herz direkt einen Sprung machen. *Oder macht es das?* Aber ich fühle mich wie versteinert. Im Augenblick

215

weiß ich gar nichts, ich bin völlig perplex. Mir ist schwindelig. Ab diesem Moment ist mir völlig egal gewesen, was die anderen gerade machen, ob sie tuscheln, komische Grimassen ziehen, ob sie lachen, ob sie merkwürdig schauen, ob sie sich lustig darüber machen, wie ich hier krampfhaft wie ein Spargel stehe und nicht weiß, ob ich irgendetwas antworten sollte; ich habe einen Tunnelblick und blicke ausschließlich auf Helene. Die Worte schwingen in mir, immer wieder. Auch heute noch. Das ist das Schönste, was je jemand zu mir gesagt hat. Auch, wenn diese Worte in Wut eingepackt worden sind, aber Wut ist doch eine tolle, leidenschaftliche, brennende Eigenschaft, die zur Liebe dazugehört. Wut. *Auch Wut führt zu Mut.*

Das schönste Mädchen, dem ich je begegnet bin, hat gerade gesagt, dass sie, Zitat: *„unglaublich verknallt in mich sei".* Fassungslosigkeit. Euphorie. Ekstase. Enthusiasmus. Überraschung. Ich finde gar kein Wort, was mein Gefühl in dem Moment beschreiben kann. Es ist mehr als ein bloßes „überrascht", ich bin – man kann fast schon sagen – entgeistert. Entgeistert von dieser Botschaft. Nach dem, was gestern war, war ich nämlich wieder ganz anders eingestellt in Bezug auf sie und das Verhältnis zwischen uns. Das schönste und beliebteste Mädchen der Schule hat es also wirklich auf mich abgesehen und schreit es dann noch während einer Schulaufführung lauthals rum, damit es

216

auch das ganze Publikum weiß? Das kann ich nicht für möglich halten und zu Recht komme ich mir wie in einem Film vor, als wenn das das alles nicht real wäre. Noch nie – wirklich NIE – war ich annähernd in so einer Situation. Noch nie brauchte ich so viel Selbstdisziplin, dass meine Knie standhalten, nicht zu weich werden und ich einsacke. Meine Beine zittern ein wenig, aber das ist vollkommen in Ordnung in Anbetracht der jetzigen Umstände. Was jetzt alles in meinem Körper herumschwirrt, kann ich mir gar nicht ausmalen. Mein Herz hämmert leidenschaftlich gegen meine Rippen. Auf einmal kommt Helene auf mich zu. Sie geht immer weiter auf mich zu, mit ihrem eleganten Gang, den ich so unfassbar liebe an ihr. *Warum quält sie mich so? Was will sie von mir? Was wird sie jetzt machen?* Immer noch Stille im Publikum, keiner möchte dazwischen gehen.

In ihrer Nähe ist mir jetzt auf einmal unheimlich warm. *Oder bilde ich mir das nur ein?* Ich verspüre ein sehr seltsames Gefühl, diese Nähe ist eine andere Nähe als sonst. Nein, ich bilde mir die Wärme nicht nur ein. Es ist heiß, ich fange an zu schwitzen. Meine Wangen fühlen sich elendig heiß an, als wenn ich jederzeit einen Hitzeschlag bekommen könnte. Warum glüht mein Gesicht so?

*Klack... klack...*

Sie geht immer weiter auf mich zu – ich stelle mir vor, sie wäre ein Vampir und würde mir gleich in den Hals beißen, so blutrünstig sieht sie gerade aus. Wild und heiß. Schweiß tropft mir von der Stirn. Jetzt ist sie nur noch einen Fuß von mir entfernt.

Ihr Gesicht beugt sich nach vorne und sie wispert mir an mein Ohr:

*„Und könnt ihr diesem Typen sagen, dass er mich endlich küssen soll?"* Mir sackt das Herz in die Hose. Schon wieder stockt meine Atmung. Blut fährt von allen Arterien und Adern hoch in meinen Kopf und wird nicht mehr wegtransportiert. KÜSSEN? Das trau ich mich nicht. Ich bin mir immer noch zu unsicher, obwohl sie es ja so will, aber vor dem gesamten Publikum? An meiner Reaktion ist die Unentschlossenheit und Unsicherheit stark zu erkennen.

*„Eh... ich soll dich jetzt küssen... hier?",* frage ich leicht ungläubig. Ich kann nicht fassen, dass sie *mich* küssen möchte, und zwar jetzt. Ich würde mir am liebsten eine reinhauen. Man, kann ich nicht einmal das Richtige tun? Ich möchte es doch auch! Das ist doch die Chance meines Lebens...
Es wirkt der Kontrast auf mich, dass sie – das Mädchen von uns – so mutig ist, während ich verdammt feige bin! Jetzt ist mir *mein* Verhalten wiederum unangenehm. Sie ist standhaft, dagegen ich

ein ängstliches Etwas. Vielleicht ist auch das der Grund für meine Unsicherheit: Ihr Mut, ihr Mut überwältigt mich. Ich verpatze alles, das schöne Liebesszenario, durch meine scheiß Feigheit!

Plötzlich bewegt sie ihre weißen, geschmeidigen Arme elegant nach oben. Sie fahren langsam immer weiter nach oben an Kopfhöhe, über mich hinüber an meinem Kopf vorbei und nach unten, bis sie sich schließlich an meinem Hinterkopf kreuzen. Die Berührung ihrer Hände an meinem Nacken führt zu einer Gänsehaut auf meinem gesamten Körper. Ich unterdrücke das Schlackern meiner Beine und genieße. Nachdem ihre Hände meinen Nacken berühren, kann ich nicht mehr klar denken. Ich blende die Außenwelt aus, nur deshalb bin ich nicht allzu nervös. Ihre Hände sind warm, sehr warm. Und mein Nacken hat sich noch nicht allzu sehr erhitzt, die Kälte von draußen ist nicht vollständig überwunden, somit spüre ich ihre Hände noch deutlicher auf meiner Gänsehaut. Es ist nicht nur die Berührung, die dafür sorgt, dass alles in mir kribbelt, sondern jetzt ist sie zudem nur noch wenige Zentimeter von mir entfernt. Die unmittelbare Nähe versetzt mich in eine Art Schockzustand, in eine Starre. Ich atme ihren Rosenduft ein, der mich dahinschmelzen lässt. *Oh mein Gott, jetzt bloß nicht das Bewusstsein verlieren!* Ich blicke ihr direkt in die Augen, nun kann ich mich auch nicht mehr winden, sondern bin von ihren Armen umschlossen.

*Ich bin eingeschlossen. Ich kann nicht mehr fliehen.*

Sie wirkt so sicher dabei. Sie wirkt so professionell bei dem, was sie macht und ich bin der ängstliche Anfänger. Aber es zählt nicht, wie viele Erfahrungen man hat, sondern wie man es macht, sage ich mir. Ich frage mich, ob es Helene beleidigen würde, wenn ich sie, auf ihre Ansage hin, nicht küssen würde. Aber ich traue mich einfach nicht. Ich werde blockiert. Ich war in meinen gesamten fünfzehn Jahren Lebenszeit nicht einmal frontal so nah an einem Mädchen, so nah, dass unsere Augen höchstens fünfundzwanzig Zentimeter voneinander entfernt sind und jetzt soll ich – ausgerechnet ICH – sie auch noch küssen?!

Dabei möchte ich es doch so sehr... Ihr unfassbar schönes Gesicht in meine Hände nehmen und küssen. Meine Hände unter ihre Haare fahren und ihren Hals umfassen. Mir ist so schummrig zumute in meinem jetzigen Zustand. Schummrig, weil sich meine Gefühle in dem Augenblick überschlagen und mich überwältigen.

*„Dann mach ich es eben",* haucht sie mir zu und ehe sie diese Worte über die Lippen gebracht hat, knutscht sie auf mich ein. Dabei habe ich ihre Äußerung gerade erst verarbeitet. Ja, sie fällt auf mich her, wie ein Heer aus Millionen Soldaten, während ich

bloß einige Hunderte habe. Ich bin vollkommen machtlos ihr gegenüber. Sie überrennt mich. Sie hat so stürmisch auf mich ein geknutscht, dass ich gar nicht so schnell gucken konnte, wie es passiert war. Realisieren fehlgeschlagen. Jetzt bin ich an einem Punkt angelangt, bei dem ich die Außenwelt komplett außen vor lasse; ich bin sowas von isoliert von der Außenwelt, es könnte einen Terroranschlag auf unsere Schule geben und ich würde ihn nicht wahrnehmen. Helene macht mich dermaßen fertig und hat mich in ihren Bann gezogen, hat mich aus der realen Welt herausgerissen. Aber es ist so – SO – schön. Der Kuss ist noch viel heißer und leidenschaftlicher als ich jemals gedacht hätte, dass er es sein könnte. Die Realität ist tausend Mal schöner als die Vorstellung. Es geht alles wie von selbst, es ist, als hätte ich keinerlei Kontrolle über meinen Körper. Aber Körper und Geist sind sich endlich mal einig bei dem, was sie machen. In dem Moment ist mir völlig egal, falls irgendwer aus den Zuschauerreihen oder aus der Klasse kichert, weil ich zwei Zentimeter kleiner bin als sie. Sie sind mir egal. Nur *sie* nicht. Sie gibt es nicht mehr. Nur *sie*. Diese plötzliche Nähe ist sowas von ungewohnt für mich. Es ist, als wäre eine tonnenschwere Mauer in mir zusammengebrochen, sodass ich mich jetzt befreit fühle, dadurch, dass die Hemmschwelle überschritten ist.

Mund an Mund. Engen Körperkontakt. Mit *ihr.*
Ich hatte nie engen Kontakt mit Mädchen, doch
momentan habe ich sogar intimen und küsse eines...
und was für eines, keines würde ich lieber küssen.... es
ist unglaublich! Aber auch so urplötzlich und
unerwartet. Ich bin selbst schockiert, wie schnell das
ging. Ich erkenne mich gar nicht wieder. In mir steigt
alles Mögliche auf, alle Glückshormone die in einem
menschlichen Körper gebildet werden können, alle
anderen Stoffe, die situationsbedingt freigesetzt
werden können, werden freigesetzt. Auf einmal nehme
ich doch etwas aus der Außenwelt war, zwar sehr leise
und unauffällig, aber ich nehme es wahr: ein
Klatschen. Ja, das Publikum applaudiert. Und
wahrscheinlich viel lauter, als ich es in der Situation
wahrnehmen kann. Wir setzen unsere Lippen wieder
zurück, dabei höre ich, wie sie kurz aufkeucht, und
setzen neu an, diesmal noch intensiver: Wir pressen
unsere Lippen noch fester aneinander und gehen
noch näher aneinander, dass sich unsere Oberkörper
berühren. Aber endlich kann ich meine Besessenheit
nach ihr zum Ausdruck bringen. Ich erwidere diesen
Kuss so sehr. Es ist, als würde ich meinen fehlenden
Kontakt mit Mädchen, alles, was ich in den vorigen
Jahren meiner Jugendzeit an Liebe und Sexualität
verpasst hatte, nachholen, aber wie.... alles auf einmal.
Dieser Kuss hat eine unglaubliche Wucht und die

Zärtlichkeit, die Weichheit, den Geschmack ihrer Lippen, den ich durch meine Zungenspitze erkoste, der ihres Mundes, und auch kein anderes Detail dieses Kusses werde ich je vergessen werden; ich würde meinen Enkelkindern als Großvater später erzählen, wie schön mein erster Kuss war. Kuss – das ist kein Kuss. Für mich ist ein Kuss ein kleiner Kuss auf die Stirn, den ich von meiner Mutter bekomme. Aber DAS – ist definitiv kein Kuss. Es ist viel mehr, als dieses kleine Wörtchen aus vier Buchstaben es jemals beschreiben könnte. Jetzt lasse ich meine Arme langsam nach unten zu ihren Hüften bewegen. Ich habe Respekt davor, ihre Hüften zu berühren, dazwischen befand sich bei mir immer ein großes Hindernis, was nun zu bewältigen ist. Ich habe Angst, ihren Körper zu berühren, da nur eine dünne Schicht Stoff ihre Haut verbirgt, ein mehr als dünnes Stück Stoff, welches den direkten Kontakt von Haut zu Haut verhindern würde. Angst, dass sie damit nicht einverstanden ist; dass es zu viel auf einmal für sie ist. Aber sie sie hat mir gerade verdammt nochmal ihre Liebe gestanden, sie küsst mich mit tiefster Intensität und Leidenschaft und mit höchstem Bedürfnis, also: Bitte?

*Worauf wartest du noch?*

Und dann tue ich es auch, der Gedanke leuchtet mir ein: Ich berühre sie: Ihre Hüften. Ihre Taille hat eine so schöne Form und ich spüre ihre Haut unter dem dünnen Stoff. Sie ist so glatt, weiß, wundervoll, so perfekt. Die Berührung hinterlässt wohlgemerkt bei mir eine Gänsehaut von den Händen beginnend bis nach unten zu meinen Zehenspitzen. Auch ihre Taille ist sehr warm. Die Berührung löst ein weiteres fremdes Gefühl in mir aus, was sich durch meinen ganzen Körper zieht, ein Bedürfnis, mich noch mehr an sie ranschmiegen zu wollen, sie noch intensiver berühren zu wollen: ihren Rücken, ihren Hals, ihren Bauch. Nach ein paar Sekunden Küssen lässt meine Ängstlichkeit nach und wandelt sich in Selbstbewusstsein. Mittlerweile presse ich meine Hände auf ihre Hüften und bewege sie den Bauch und den Rücken hoch. Ich umschlinge sie um ihren Oberkörper und drücke ihn zu mir heran. Mit der Hand auf ihrem Rücken drücke ich ihren schlanken Körper an meinen. Wir sind in einer ganz eigenen Welt, eine Welt, in der es nur sie und mich gibt und die Leidenschaft der Liebe, die uns gemein ist. Ich erschaudere vor Erregung und unterdrücke mir ein Stöhnen, als ich ihre Brüste an meinem Körper spüre. Als ich weiter nach oben gleite, kitzeln mich ihre Haarspitzen. Mittlerweile verstehe ich gut genug, warum Menschen, die solche Küsse miterlebt haben, sich nicht mehr von Helene trennen wollten, wie bei Henrik. Unter meinen Fingerkuppen fühle ich Unversehrtheit, Wärme und Geschmeidigkeit. Wenn ich sie so an mich ranziehe, möchte ich sie

eigentlich gar nicht mehr loslassen. Ihre kurvigen Hüften umschlungen, lassen wir dann aber langsam nach einer Weile doch voneinander ab, ich nehme meine Hände von ihrem Körper und sie nimmt auch ihre Arme zurück und beenden damit das Heißeste, was mir je widerfahren ist. Sie schaut mir beim langsamen Zurücknehmen der Arme und beim Entfernen unserer Münder, leidenschaftlich – mit noch halb offenem Mund – mit ihren Augen eindringlich an. Jetzt nehme ich so langsam wieder meine Umwelt wahr. Das erste Mal seit mehreren Minuten wende ich den Blick von Helene ab und erkunde die Umgebung. *Richtig, wir sind auf der Bühne, vorne am Rand der Bühne, weil wir beim Solo ansetzen wollten.*
Was mir überhaupt nicht aufgefallen ist, dass wir wirklich am vordersten Rand der Bühne stehen.
Die erste andere Person, die ich bemerke, ist Marius, der mir zugrinst, dabei nickt und mir einen wild hin und her bewegenden Daumen nach oben zeigt, und das erste, an was ich denke ist: Warum kann sie so gut küssen? Und: Henrik hat DAS nie und nimmer verdient. Ein Hauch von Eifersucht schwelgt in mir, dass Henrik derartige Küsse mit ihr erlebt hat. Ich nehme tief Luft und meine Atmung reguliert sich langsam wieder. Meine Sinne funktionieren auch wieder alle – hoffe ich. Das Publikum klatscht und jubelt weiterhin. Jetzt nehme ich auch die eigentliche Lautstärke des

Publikums wahr. Es applaudiert extrem laut, wie konnte ich das Klatschen vorhin nur so gedämpft hören?

*Meine Sinne setzen also wirklich aus.*

Das Publikum ist von diesem spontanen Liebesauftritt anscheinend auch gerührt und findet es so großartig, dass ich sogar ein paar weinende Gesichter sehe. Wässrige Augen diverser Menschen in diesem Sall, welche im Scheinwerferlicht reflektieren und unverkennbar sind. Mein Blick streift durch die Reihen und in der dritten Reihe erblicke ich meine Eltern. Meine Mutter heult, ich sehe ihre errötete Nase, und ein Taschentuch, neben ihr mein Vater, der sie tröstet. Ich selbst bin so euphorisiert – wenn auch immer noch in einer anderen Welt, da der Wechsel zwischen den Welten seine Zeit braucht – dass ich weinen könnte. Weinen vor Freude, wie meine Mutter. Das, was gerade passiert ist, war *real*. Ich kann es immer noch nicht begreifen. Die Zuschauer empfanden die Szene mit Sicherheit nicht nur als rührend, sondern sie war zudem ganz großes, unmögliches Kino! In keinem Kinofilm der Welt wird man solch eine Szene zu Gesicht bekommen, denn, nochmals, sie war *real*, auch, wenn das alles gerade so surreal wirkt. Meine These bestätigen Mobiltelefone einiger Menschen, die aus dem Publikum ragen und uns filmen.

Und endlich habe ich etwas ganz Elementares wirklich verstanden, es ist endgültig zu mir durchgedrungen: *Sie hatten unrecht. Meine alten Mitschüler. Sie hatten so was von unrecht.*

Die Vergangenheit *darf* nicht über meine Gegenwart bestimmen. Und vor allem, dass es verdammt nochmal *unsinnig* ist, sein Leben anders zu leben aufgrund irgendwelcher Leute aus der Vergangenheit. Man muss an sich glauben, an sich festhalten und darf nicht losgerissen werden, auch, wenn das verdammt schwierig ist, wenn man keine überzeugenden Eltern hat und immer Einzelgänger war. Man bekommt etwas durch Worte eingetrichtert, ähnlich wie zur Zeit des Nationalsozialismus. Die Assoziation kommt mir gerade deshalb, da wir uns damit vor allem in den letzten Stunden in Geschichte intensiv befasst haben. Damals wurde man jedoch hingerichtet, wenn man die falsche Denkweise hatte, heutzutage nicht mehr, daher darf man den Glauben nicht verlieren. Eigentlich sollte man nicht mal mehr von der Vergangenheit negativ beeinflusst werden, wobei dies nochmal deutlich schwerer ist. Ich hatte immer wieder Phasen, an denen ich an mir selbst gezweifelt habe, mich die Vergangenheit eingeholt hat und ich somit negativ beeinflusst wurde, aber nun habe ich die Vergangenheit endlich abgeschüttelt... durch *sie*. Sie hat mir gezeigt, wer ich wirklich bin.

Ich bin verdammt gutaussehend.

Ich bin klug.

Ich bin begabt.

Und ich bin so gut, dass ich eben das heißeste Mädchen der Welt geküsst habe und somit das intensivste Erlebnis und die süßeste Erfahrung meines gesamten bisherigen Lebens gehabt habe.

*„So, aber jetzt...."* Sie kramt und sucht nach irgendetwas in ihrer Sporttasche und dann höre ich, wie sie eine Box aufklappt und ehe ich mich versehe, spüre ich auch schon etwas Kaltes an meinem Nacken. Etwas Eiskaltes. *„Ka-ha-alt. Was soll das?!"* Dieses kalte Etwas rutscht meinen Rücken hinunter und lässt mich zusammenzucken vor Kälte.

Sie hat mir einen Eiswürfel ins T-Shirt gesteckt! Einen halb geschmolzenen Eiswürfel. Als ich versuche, ihn rauszuholen, rutscht er aus meinem T-Shirt raus und landet auf dem Boden.

*„Du müsstest ja wohl wissen, wofür diese Bestrafung war"*, grinst sie süß.

*„Ach, müsste ich das?"*, schmunzele ich, als plötzlich Marius aus einer Seitentür der Aula herbeispaziert kommt und mir ist direkt klar, er wird nichts Ernstes wie *„Herzlichen Glückwunsch zu deiner ersten innigen Beziehung"* sagen, sondern irgendeinen Witz reißen.

*„Ay, ay, ay, was sehe ich da, ein verliebtes Ehepaar...",* trällert er, während er an uns vorbeiläuft und uns verschmitzt anlächelt.

*„So weit sind wir nun aber doch noch nicht!",* rufe ich ihm scherzhaft zu, was sehr merkwürdig klingt, wenn man bedenkt, was für eine Botschaft dahinter steckt: Wir sind ein Liebespaar... Das muss man sich auf der Zunge zergehen lassen. Ich begreife die Welt immer noch nicht. *Wie auch?* Bis vor ein paar Minuten war ich noch der bemitleidenswerte Knirps mit einer unerwiderten Liebe, aber jetzt könnte ich nicht glücklicher sein, denn ich habe Helene bekommen. Ich werde von dem Mädchen meiner Träume, dem Mädchen, welches meine Sinne manipuliert, dem Mädchen, welches eine Seite in mir hervorruft, die ich bisher noch nie gekannt habe, einem Mädchen, für welches sich mein Herz doppelt so viel Mühe gibt, zu schlagen, mit derselben Leidenschaft zurückgeliebt. Dem beliebtesten Mädchen der Schule obendrauf. Beim Gedanken sprudelt es in mir vor Glück. Um dieses Glück endgültig zu realisieren, braucht es glaube ich noch ein paar Tage. Noch befinde ich mich in einer Art Tagtraum.

Marius zwinkert uns zu. *„Kommt aber noch, alle Wette",* ruft er uns im letzten Augenblick zu, bevor er schnell die Treppen nach unten düst und seine Worte hallen im Treppenhaus nach wie ein Orakelspruch, der

in der Zukunft in Erfüllung gehen wird. Wir gucken uns gegenseitig an und kichern. *Typisch Marius.*
Eigentlich müsste ich ihm sehr dankbar sein, denn ohne ihn wäre es zu all dem nicht gekommen.

# Kapitel 10

*„Falls ihr denkt, dass ihr mich zuerst auf eine Schule bringen könnt, die mich zu einem anderen Menschen gemacht hat, auf der ich glücklich wurde, und zwei Monate später wieder davon schleppen könnt, dann habt ihr euch aber sowas von geschnitten!",* rufe ich, als ich zu Hause von vermeintlichem Liebesglück erfüllt eintrudele. Ich wollte mir den Moment mit Helene nicht versauen und an den bevorstehenden, aber nicht eintreffenden – dafür werde ich sorgen – Umzug nachdenken. Um ehrlich zu sein, habe ich den Gedanken beim Kuss völlig verdrängt gehabt, was mir wirklich zu Gute kam. Negative Gedanken verschwinden lassen ermöglicht der Körper einem nicht allzu oft, eben nur in ganz besonderen Situationen, wie während dieses magischen Kusses mit dem süßesten Mädchen überhaupt. Im Wohnzimmer unmittelbar vor der Küche mache ich

Halt und warte auf meine Eltern, die vom Balkon herbeikommen.

„*Ich habe das, was ich gestern gesagt habe, voll und ganz ernst gemeint*", rufe ich fortsetzend, „*denn es ist die allerschlimmste Qual, Demütigung höchsten Grades, mich von Wolke 7 in die Hölle zu verfrachten wegen so eines Scheißhauses auf dem Land!*", brülle ich.

„*Lukas, hör zu, wir –* "

„*Nein! Ihr werdet es nicht mal im Traum schaffen, mich in irgendeiner Hinsicht überzeugen zu können. Egal, wie schön ihr das redet! Helene und ich....*", bevor ich weiter in lautem Ton fortfahren kann, werde ich von meiner weinenden Mutter unterbrochen. „*Lukas*", ruft sie jammernd, wobei ich nicht feststellen kann, ob es Freudentränen oder Trauertränen sind, „*wir... bleiben natürlich hier*", schluchzt sie und nimmt mich in den Arm. Nach dieser Nachricht hätte ich einen Freudensprung machen können – es ist schließlich schön zu hören, doch nicht mehr auf Kollisionskurs mit dem Leben zu sein – stattdessen halte ich meine Mutter weiterhin tröstend in den Armen und vergrabe mein Gesicht in ihrer Schulter. „*Oh, mein Lukas, ich freue mich so für dich...*", sagt sie, „*Für was für Tyrannen hältst du uns denn?*", fragt sie anschließend, was mich ziemlich verwundert. „*Naja... schließlich habt ihr das ja schon ziemlich oft durchgezogen, obwohl ich es nie wollte und ihr wirktet ziemlich überzeugt beim letzten Mal...",* erwidere ich. Als mein Blick den meines Vaters trifft, hat dies scheinbar einen Impuls bei ihm geweckt, da er sich uns anschließt und ebenfalls ins Gruppenkuscheln einsteigt.

*"Ja, aber doch nur, um dir zu helfen",* verteidigt sich meine Mutter, *"wir haben doch immer mit angesehen, wie du dich ständig allein in deinem Zimmer abgeschottet und Musik gehört hast. Das war für uns doch auch immer nicht schön. Wir wussten, irgendwann wirst du eine Schule finden, auf der du gut zurechtkommst und Freunde finden wirst. Bitte versteh' das! Wir wollten immer, dass du glücklich bist und dir immer Gutes tun, es kam vielleicht nie so richtig zur Geltung, aber jetzt hast du dieses Glück gefunden und jetzt verstehst du es ja vielleicht. Ich weiß, es war mehr als eine blöde Idee, den Umzug zum Haus von Rebecca in Erwägung zu ziehen, nur wir dachten, dass... wir dir in dem Fall auch wieder Gutes tun würden, schließlich würden wir da in einem großen Haus mit einem großen Garten und so weiter leben; etwas, das wir zuvor nie erlebt haben. Wir wohnten doch schon immer in kleinen Wohnungen."* Wir lösen uns allmählich aus der so schönen Umarmung. Eine, die wir länger nicht mehr hatten. Eine, die Geborgenheit übermittelt. *"...Allerdings hattest du recht. So gut wie es dir hier geht und nachdem, was mit dir*

*und .... Helene passiert ist"*, dabei zwinkert sie mir schelmisch zu, *„kommt der Umzug natürlich selbstverständlich nicht mehr in Betracht"*. Ihre Augen sind immer noch wässrig, aber strahlen innerlich freudig und sie grinst übers ganze Gesicht.

Je mehr ich darüber nachdenke, desto ersichtlicher erscheint das, was meine Mutter mir gerade erzählt hat. Ich habe immerzu geglaubt, es würde immer nur um die Arbeit meines Vaters gehen und sie hätten keinerlei Rücksicht auf mich genommen, aber das Gegenteil war der Fall: Während ich zufrieden war, wenigstens auf einer Schule zu sein, auf der ich zwar nicht wirklich Freunde hatte, aber nichts Schlimmeres vorherrschte, meinten meine Eltern, ich hätte etwas Besseres verdient und wollten mir etwas auf langzeitliche Sicht Gutes tun und so sehr ich erste Schultage hasse, desto mehr hat es sich tatsächlich auch im Nachhinein gelohnt. Wären wir nicht umgezogen, dann wäre ich nie auf diese Schule gekommen.

*„Und? Wer von euch will jetzt meinen superleckeren selbstgebackenen Kuchen probieren?"*, fragt meine Mutter und eilt begeistert in die Küche.

Ich habe sie noch nie so fröhlich erlebt.